KB115583

나의 아픔 우리들의 상처

나의 아픔 우리들의 상처

발행일 2020년 11월 6일

지은이 송장길
펴낸이 손형국
펴낸곳 (주)북랩
편집인 선일영 편집 정두철, 윤성아, 최승헌, 이예지, 최예원
디자인 이현수, 한수희, 김민하, 김윤주, 허지혜 제작 박기성, 황동현, 구성우, 권태련
마케팅 김회란, 박진관, 장은별
출판등록 2004. 12. 1(제2012-000051호)
주소 서울특별시 금천구 가산디지털 1로 168, 우림라이온스밸리 B동 B113~114호, C동 B101호
홈페이지 www.book.co.kr
전화번호 (02)2026-5777 팩스 (02)2026-5747

ISBN 979-11-6539-451-6 03810 (종이책) 979-11-6539-452-3 05810 (전자책)

이 도서의 국립중앙도서관 출판예정도서목록(CIP)은 서지정보유통지원시스템 홈페이지(http://seoji.nl.go.kr)와 국가자료공동목록시스템(http://www.nl.go.kr/kolisnet)에서 이용하실 수 있습니다.
(CIP제어번호: CIP2020046184)

송장길의 수필과 칼럼 2

나의 아픔 우리들의 상처

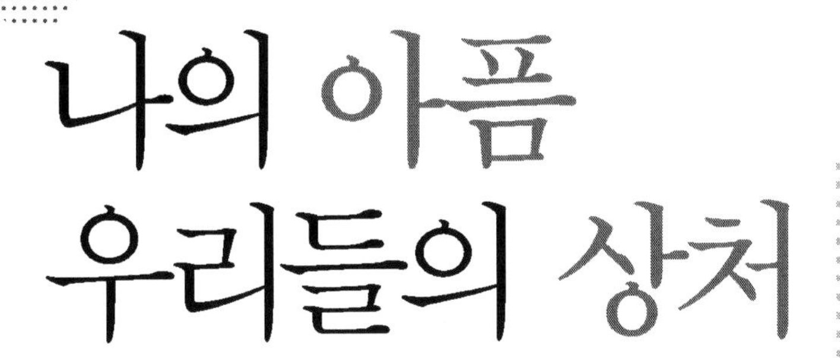

나의 아픔의 큰 줄기는
질곡의 시대가 안긴 것이며,
우리의 상처이기도 하다

북랩book Lab

책 머리에

역사가 나라와 왕조의 흥망성쇠를 주로 다룬 시절이 있었다. 전제군주시대에는 지배계급의 장악력이 절대적이었고, 백성들도 권세에 쉽게 길들여져 역사학의 초기에는 그렇게 국가 권력의 형성과 이동, 통치에 치중했을 것이다.

중세 이후 세상의 질서와 형세가 복잡다단해지면서 역사도 다양한 사회-문화적인 구조와 양상에 주목하게 됐고, 시민사회의 변화와 그 특성을 규명하는 데 연구자들의 분석 도구와 형틀이 바빠졌지 싶다. 인본(人本)사회와 민주주의의 개화 이후에는 역사의 관점이 사회의 형질과 변동의 규명에 집중하면서 자연히 구성원들의 삶을 더 깊게 조명하게 된다. 문화와 제도만이 아니라, 그 안에 흐르는 도도한 사조(思潮), 경제활동과 문화생활, 그리고 생동하는 개인 내지 집단의 의식과 행태 등에 분야별로 관심이 높아진 경향은 당연한 귀결 아닌가.

현대에 들어서면 대중사회와 대중문화가 급격히 부상하면서 정치와 사회의 변화도 개개인만이 아니고 다중의 태도와 행위가 결정적인 변수가 된다. 최근의 추세로 보면 지구촌이 고차산업 시대로 빠르게 진화하고 있어서 앞으로 시민과 대중의 비중은 거침없이 치솟고, 역사는 그 정황속으로 더 깊이 내시경을 들이댈 것이다. 삶의 실체를 우선 규명하고, 그 바탕에서 사회와 국가의 본질을 규명하고 해석하는 역사의 귀납 시대라고 할까?

수필은 현실과 경험을 파고드는 작가의 관찰과 사고의 진솔한 서술이다. 오늘을 사는 문필가의 숨결이자 사유의 결정체인 것이다. 허구적인 기법을 시도하는 경우가 간혹 있지만, 수필은 일반적으로 사실성이 대세다. 그래서 수필은 그 시대의 반영이고, 음미이며, 사색이다. 넓게 펼쳐진 세계, 그 들녘의 초목과 야생화 같다고 할까? 수필을 쓰는 자신에게 스스로 부여하는 하나의 과제이기도 하다.

수필에 내재한 실체는 역사로 이어진다. 그만큼 작품에 녹아 있는 실존은 역사성을 안고 있다. 어떤 면에서는 수필이라는 프리즘을 통해서 세상의 단면을 리얼하게 감지할 수도 있다는 뜻이며, 작지만 소중한 증언이라는 의미이다. 작가가 현상을 얼마나 의미 있게 채취해서 수려하게 표현했느냐 하는 작품성의 문제는 별개지만, 수필은 작품에 따라서는 체험을 통해 시대를 진단하는 유의미한 일종의 무구한 기록이자 사료(史料)가 된다고 해도 틀리지 않을 것이다. 물론 수필에 담긴 세태와 인간들의 족적, 행간의 의미는 역사만이 아니라 사회와 문화를 이해하는 데 유용한 보고(寶庫)도 됨을 가벼이 볼 수 없다. 시대의 속살을 파악하는 데에 수필은 자연산 보물이 묻힌 광산이라 하면 과언일까?

이 책을 엮으면서 필자는 온몸으로 겪어온 격동의 시대를 과연 얼마나 값지게 저미어서 산문, 수필과 칼럼으로 조탁했는가를 누누이 성찰했다. 그럴 때마다 박동하는 시대정신은 고사하고, 시류의 맥조차 제대로 짚어내지 못한 미숙에 부끄러움을 가눌 수 없었다. 우리가 사는 오늘의 정수를 낚아내지 못했다는 회한이다. 시야도 넓지 못했고, 통찰도 미진했으며, 은유와 형상화로 크게 증폭시키지도 못했음을 고백하지 않을 수 없다.

그럼에도 불구하고 필자의 의식이 머뭇거리며 떠낸 편편들을 엮어 감히 책으로 내놓는다. 스스로 풍상의 벌판에 머물며 체험한 편린들과 느낌을 주변 뜨락에라도 남겨놓고 싶었기 때문이다. 시대를 겪는 인간의 본성과 역동하는 현실, 유유한 원리 등에 관심을 두었던 한 서생의 목소리이다. 책의 제호를 '아픔과 상처'로 정한 이유도 그런 까닭이었다. '아름다운 아픔', '건강해질 상처'였다고 위로하는 심정의 한 자락이라고 할까? 전문적이거나 연구하는 입장은 아니더라도 오염되지 않은 손길로 현장에서 퍼 올린 유무형 사상(事象)들의 진단이 조금이라도 공명을 얻는다면 다행으로 여길 것이다.

2020년 가을

경기도 용인 광교산 기슭 우거에서

저자 송장길

차례

4장 자연의 숨결

5장 아득한 인연들

6장 진통은 가시지 않고

제2부
＼
칼럼

1장 2018년

2장 2019년 <전반기>

3장 2019년 <후반기>

4장 2020년

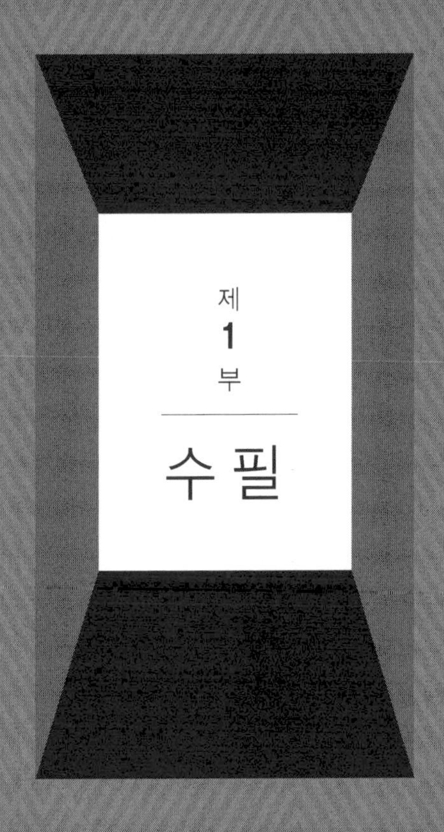

제
1
부

수필

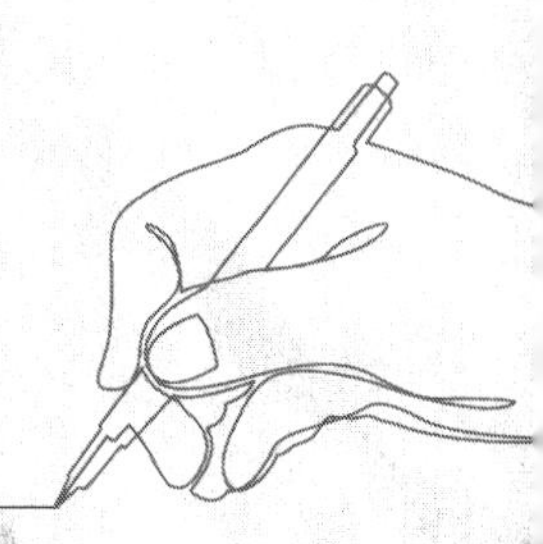

1장

나와 우리들과,
그리고 세상과

시간 속에서

— 로스앤젤레스 다운타운을 지나는 10번 프리웨이를 승용차로 달리다가 노르만디 길로 내려 인근 주유소에서 기름을 넣고 있었다. 저만치에 보이는 고속도로에는 차량들이 동서양 방향으로 쏜살같이 주행하며 시간을 따라잡고 있었고, 주유소 옆의 네 갈래 차도 위에서도 각종 차량이 저마다의 속도로 바삐 움직이고 있었다. 가스는 탱크 속으로 쉬~ 소리를 내며 빠르게 쏟아져 들어갔고, 하늘에서는 항공기가 띄엄띄엄 반드럽게 오가고 있었다. 인도에서는 깔깔거리며 떼 몰려다니는 학생들, 지팡이를 짚고 쩔뚝거리며 길을 건너는 노인, 뚱뚱한 몸을 뒤뚱거리며 힘들게 걷는 중년의 유색인 여자, 버스를 놓칠세라 뛰어가는 노동자들 등등이 저마다의 완급으로 흐르고 있었다. 속도는 다르지만 모두가 시간을 향해 달리고 있고, 시간에 얽매여 있거나 시간을 소화하고 있는 중이었다.

가스가 탱크에 가득 채워지기를 기다리는 동안 고개를 돌려가며 시계(視界)의 주위를 이리저리 살폈다. 생각은 보이는 물체를 중심으로 여기저기 세상 속을 날아다녔고, 심장도 생각과 행동의 내면에서 쉼 없이 자맥질했다. 모든 것이 시간 위에서 이뤄지는 움직임들이며, 시간을 따르거나 시간을 머금는 현상들이었다. 움직이지 않는 것들에게도 보이지 않게 시간이 입혀지고 있을 터였다.

시간은 막무가내다. 일정한 속도로 끊임없이 전진한다. 잠시라도 쉬는 법이 없고, 절대로 돌이키지 않는다. 타협도 없고, 대안도 없다. 어길 수 없는 불가항력의 권력이고, 신의 영역이듯 가깝고도 멀다.

흐르는 물에 비유했던가. 짧은 단위의 시간은 개울물처럼 잰걸음으로 달린다. 그 결에는 인간들의 기쁨과 슬픔이 점철되고, 웃음과 울음이 주렁주렁 열린다. 긴 단위의 시간은 세월, 또는 역사라는 이름으로 흐르면서 내면에 가지가지 추억과 삶의 율동, 문화와 사회 변동의 무늬를 가득 품고 뒤척이며 멀어져 간다.

시간은 어디서 와서 어디로 가는 걸까? 미래로부터 와서 현재에 작열한 뒤 과거에 합류하는 것 같기도 하고, 과거에서 나와 현재를 휘두르고는 미래로 흐르는 것 같기도 하다.

시간은 과연 흐르는 것일까? 시간은 개념이다. 흐르는 것은 오히려 시간에 투영되는 사물들이다. 움직이는 것들의 심지를 뽑아 시간이라는 개념을 추출해 놓고, 그 개념으로 거꾸로 사물들을 재단한다.

태양의 빛에 따라 아침과 낮, 저녁과 밤이 찾아들고, 그 연장선에서 계절과 해(年)가 돌며, 그 동선을 잘게 쪼개면 시간이나 시각이다. 자연의 변화에 준하여 시간을 매겨오다가 13세기에 이탈리아 밀라노의 한 성당에 등장한 소리 나는 시계가 시간 개념의 대중적 도구로 첫 종을 울렸다 1884년에는 런던 교외의 그리니치천문대를 지나는 자오선을 본초로 세계의 표준시가 선포됨으로써 지구촌은 공통의 시간을 재며 살아가는 운명을 맞았다. 인간을, 세상을, 더 넓게는 우주를 시간의 눈금으로 묶어버린 것이다.

현대사회에서 인간이 개발한 기계가 오히려 인간을 속박하고 있듯이, 인간들이 설정해 놓은 시간도 인간을 통제하고 있다. 자명종의 경종으로 기상해서 시간에 쫓기며 출근하고, 시간별로 이어지는 일정에 따라 일하다가 시간의 지시로 퇴근한다. 집 안에서도 다시 시간을 재면서 피곤해한 뒤 시간에 끌려 잠자리에 든다. 그 반복이 현대인의 한 정형이다. '기계화한 인간', '시간화한 인간'이라고 할 수 있지 않은가.

시간을 정복하려는 인간의 노력은 긴 세월 꾸준히 기울여져 왔다. 학자들은 당사자들의 심리에 따라서 시간의 속도가 다르다는 논쟁을 오랫동안 벌이기도 했다. 최근에는 미국 표준연구소가 아인슈타인의 상대성 원리를 원용해 높은 지대나 빠른 속도의 물체 안에서는 시간의 속도가 느리다는 가설을 실험한 결과 미세한 차이가 있음을 증명한 것으로 보고됐다. 원자시계를 동원해 정밀하게 설계된 과학적 실험이지만, 시간을 극복하려는 노력의 작은 시도일 뿐이지 무슨 실질적 의미가 있겠는가? 현실에서는 오히려 장수하려는 인간의 열망에 비추어 볼 때 지난 한 세기 안에 평균 수명이 스무 살 이상 길어졌다는 사실이 더 피부에 와 닿는 시간의 정복일 것이다.

지금 나를 스쳐 가는 시간의 의미는 무엇일까? 그 시간의 프리즘에 비친 나의 삶은 무엇일까? 수학적 의미와 철학적 의미, 미학적 의미는 난해하고 분분할 것이다. 다만, 넓고 넓은 세상에서 유유히 굴러가는 거대한 시간의 변방에 위태롭게 달라붙은 하찮은 존재라는 생각, 부피도 작고 무게도 가벼운 한낱 티끌이나 보푸라기에 불과하다는 생각에 마냥 씁쓸하다. 이마에 나이테가 늘어날수록 더 자주, 더 깊게 시간과의 비례성에 무기력하다는 자각으로 항용 쓸쓸하다.

문득 길가의 버스 정류장 벤치에 앉아 있는 한 노파에게 시선이 꽂혔다. 주유소로 진입할 때 얼핏 눈에 띈 뒷모습이 돌아가신 내 어머니를 연상케 했었다. 주유를 마치고 운전대에 올랐다가 차를 이동시킨 뒤 다시 내려와 그 노파에게 다가갔다. 가까이서 보니 얼굴에 주름이 호두껍데기처럼 깊고 무수히 파인 고령의 백인 할머니였다. 몸을 지탱하기도 힘들어 의자 등받이에 허리를 꾸부정하게 기대고 우두커니 먼 데를 바라보고 있었다.

"버스를 기다리세요, 어르신(ma'am)?"
"아니."
"추운데 왜 여기 계세요?"
"시간을 보내고 있지. 집 안에서는 세상 돌아가는 꼴을 못 보니까."
"어디 사시는데요?"
"저 고속도로 건너편에~. 그런데 저 차들은 왜 저리 빨리 달릴까?"
"글쎄요. 사정이 다 있겠지요. 제 차로 댁에 모셔 드릴까요?"
"혼자 가도 돼. 시간이 지나 배고파지면 들어갈 거야."

잠시 대화하면서 노파가 젊었을 때는 눈에 띄게 곱고 발랄한 여인이었다는 인상을 받았다. 풍채로 보아 아마도 당당하게 젊음의 빛을 흩뿌리고 다녔을 터이고, 일하며, 사랑하며, 육아하며, 가사를 돌보며 바쁘게 살았을 것이다. 자동차로 돌아오면서 의욕도 없고, 목표도 없어 보이는 한 노파를 아주 멀리 배웅했다는 느낌이 들었다. 그녀에게 시간은 미구에 영영 이별할 익숙하면서도 까칠한 바람 같은 것이리라.

바람처럼 지나가는 시간, 사물들을 형형색색으로 바꾸며 생멸을 뿌리고 걸어가는 시간, 그 시간 속에서 사람들은 희로애락을 겪으며 울고 웃는다. 치열하게 경쟁하고, 싸우기도 한다. 정작 시간은 인간들의 영욕에 무심한 듯 비정하게 무한의 세상을 섭렵하며 주유하고 있지 않은가.

2018. 11. 3.

물의 신음 소리

— 코로나바이러스의 망령이 나라를 덮치자 산과 강, 바다가 더 가까이 다가왔다. 산은 근처에 있으면 크게 우뚝하고, 멀리 있어도 높게 솟아 손짓한다. 강도 여전히 구불구불 그 아름다운 자태로 율동하고 있을 터이고, 바다도 드넓게 펼쳐져 끊임없이 출렁이고 있으리라.

비 개자 뒷산 광교산에 올랐다. 서늘한 기운이 바짝 움츠린 영혼을 무던히 맞아주었다. 땅은 질퍽하고, 나목들도 촉촉이 젖어 있었으며, 바위들도 아직 물기를 머금고 띄엄띄엄 박혀 있었다. 이따금 산새들이 적막을 깨며 존재를 알렸다.

"모두들 힘들어하지?"

"살아남겠다고 잔뜩 움츠리고 있지."

"그 작은 미생물도 이기지 못하면서, 쯧쯧."

"생존은 어떤 면에서 세균과의 싸움 아닌가?"

"이곳에서도 그런 싸움은 치열하네."

"생물들의 사는 방식이니 여기서도 그렇겠지."

"사람들이 스스로 치고받으며 만드는 속앓이에는 연민을 느끼네."

"그렇게 오염되지 않은 맑음과 순수가 좋아 이리 찾는 게 아닌가?"

볼품없는 영혼을 맞아 대화하면서도 자연의 언어는 품위를 잃지 않고 의연했다.

산속으로 들어갈수록 깊어지는 청정의 심연에 흠뻑 취했다. 신선함이 몸으로 스며들어 개운했다. 산을 오르는 길에만 시선이 집중됐고, 넘어지지 않겠다는 의지가 성성했다. 경사가 심한 오르막에서 숨이 찼다. 잠시 서서 쉬며 아래를 내려다보니 나무들 사이로 아파트군이 빽빽하게 운집해 있었다. 저렇게 조밀한 데서 어떻게 살고 있나 싶었다. 가쁘게 차오른 날숨에 도시의 오염까지 묻혀 깨끗한 산속에 뿌리는 듯해서 고개를 숙였다.

숨결이 잦아들었다고 느껴질 때 어디서 미세한 소리가 들렸다. 무심코 지나칠 만큼 낮고 작게 속살거리고 있었다. 가만히 귀를 기울이고 들으니 계곡 쪽에서 올라오는 물소리였다. 그전에는 듣지 못한 가락이어서 반가웠다.

길이 나지 않은 가파른 비탈을 간신히 내려가 도랑을 만났다. 낙엽에 덮여 있는 골짜기에 빗물이 모여 자작이다가 아래로 내려오며 작은 물줄기를 이루어 흐르고 있었다. 졸졸졸 흐르다가 바위로 층이 생기자 아래로 떨어지면서 아기 폭포를 만들며 음량을 키우고 있었다. 물은 다소 탁했지만 소리는 맑고 경쾌했다. 꾸미지 않은 천연의 음률이었다. 잠시 눈을 감고 들으니 고저장단도 구분이 됐으며, 강약도 섞이어 있고, 나름대로 그럴듯한 화음을 연주하고 있었다.

물리학적으로 소리는 물체가 서로 맞닿으면서 생성되는 음파이다. 물소리도 물이 인력(引力)에 의해 끌어내려지거나 밀려 내려오면서 돌이나 땅, 또는 자기들끼리 서로 부딪히면서 내는 마찰음이다. 마찰은 통증을 수반하는 것이니 물소리는 물이 아파하는 신음이라고 할 수 있지 않은가.

계곡을 징검징검 따라 내려가며 물소리를 계속 들었다. 물은 아래로 내려오면서 모이고 또 모여 실개천을 이루고, 그 신음은 합창하듯 커져서 듣는 이의 가슴을 저미었다. 베르디의 오페라 〈나부코〉 중에서 〈히브리 노예들의 합창〉을 듣는 감상(感傷)이라고 할까? 아마도 코로나19를 겪는 저잣거리의 고충이 연상되어서일 것이다.

도랑은 묘지들과 아파트군 사이로 내려와 시멘트벽에 갇히면서 좁아져 도로 밑에 난 터널 안으로 자취를 감추었다. 인간들이 만들어 놓은 구조물 아래로 사라진 뒤 도시의 컴컴한 지하를 헤매게 될 것이다. 울며불며 흐르다가 어디선가에서 굴을 벗어나 큰 강에 합류하겠지. 누구도 귀를 기울이지 않는 어둠 속에서 아파하는 물소리는 더욱 처연하지 싶었다.

운길산 아래 북한강변에서 듣는 물소리는 사위가 조용해질 해질 녘에 일품이다. 물론 한밤중에도 강의 소리는 그침 없이 울리겠지만, 밤에는 시커먼 어둠이 너무 으스스해서 발길이 꺼려진다. 오색 찬연한 석양에 왜가리 서너 마리 옹기종기 모여 정담을 나누는 여울목에는 어김없이 느린 물살이 철썩거리고, 물오리 떼

두둥실 떠 있는 너른 강의 가운데서는 빠르게 흐르는 물소리가 낮은 음조의 배경음악처럼 허밍한다. 더없이 낭만적인 정취와 화음이지만, 사실은 그 또한 강물이 풀섶을 들락거리거나 자기들끼리 뒤치며 부딪는 신음 소리가 아닌가.

어쩌다 바닷가에 나가 보면 물소리는 무섭게 으르렁거리며 건곤에 가득하다. 끊임없이 밀려오는 파도, 바위를 세차게 때린 뒤 치솟는 포말, 바닷바람에 쫓겨 내달리며 지르는 파도 소리는 울음보다 아우성이나 포효라고 할 만큼 요란하다. 신음을 넘어 절규 같다. 누가 파도 소리를 인간들의 짧은 언어로 노래하려 하는가?

실개천들이 도심의 지하에서 울부짖는 동안 그 위의 세상에서도 인간들이 신음하고 운다. 길 위에서, 상가에서, 빌딩에서, 모임에서, 큰 집회에서, 광장에서 이야기하고, 떠들고, 노래하고, 함성을 내지르는 음성들은 크게 보면 물의 소리와 다르지 않다. 살아가면서, 살기 위해서 밀리고 부딪히며 뿜어내는 발성이고 몸부림들이다. 즐거워하는 탄성도 찌든 현실에서 빠져나오려는 일종의 반사음일지 모른다.

일찍이 인간들의 가슴에 오래오래 심긴 성인(聖人)들의 설파도 삶의 고통에서 벗어나라는 계시였다. 문명사회 이래 철학도 명쾌한 언어와 개념을 발굴해 끊임없이 인류를 구원하려고 추구했다. 과학은 더 실질적으로 인간을 괴롭히는 대상을 정복하려고 부단히 정진했다. 이 모든 노력은 인간의 삶이 어디에 놓여 있는지, 무엇이 문제인가를 상당히 규명해냈고, 고통과 불편의 해소에도 괄목할 진전이 있었다. 그러나 아직도 사바에 넘치는 번뇌와 고통은 별로 나아진 게 없다. 근본적인 치유와 해결에는 갈 길이 먼 것이다. 인간의 속성 때문에 아마도 영원히 풀지 못할 난제일지 모른다. 영문도 모르고 달려가는 물의 행진처럼~.

2020. 3. 13.

갇혀 있는 소라의 꿈

— 괴물에 쫓기는 악몽에서 막 깨어나 몸과 정신이 개운치가 않다. 팔과 다리는 오그라들어 가슴과 복부 쪽에 달라붙어 있다. 눈을 떠도 기괴한 잔상이 어른거리고, 매미 소리 같은 이명도 귀청을 괴롭힌다. 가슴도 두근거리고, 기운이 몸에서 다 빠져나간 것 같다. 띵한 머릿속으로는 가늘게 짜인 그물이 너울거린다.

모기장은 보호막이자 감옥이다. 사방을 막고 두른 망의 형체는 영락없이 묘지의 봉분이다. 그 위로 모기들이 아래에 숨어 있는 큰 먹이의 피를 노리며 윙윙거린다. 방충망 안의 공간은 몸의 동선을 하도 좁게 차단해서 육신뿐 아니라 영혼의 날갯짓도 자유롭지 못하다.

더듬거려서 모기장의 지퍼를 열고 나원추형(螺圓錐形) 껍질을 비집고 나오듯 몸뚱이를 밖으로 내민다. 꼬마전구가 방안을 희미하게 비추고 있다. 좁다란 방은 작은 침대와 책상, 책장들로 가득 차 있어서 그사이의 통로는 바위틈의 미로를 연상케 한다.

'나의 분신 소라여~, 의미 있게 살려면 어떻게든 새로운 무엇인가를 찾아내야 할진대, 좁고 컴컴한 방안에는 늘 익숙한 대로 그게 그것뿐이구나. 신선하거나, 최소한 낯섦조차 티끌만큼도 없지

않은가. 답답함을 느낀다고 나무라지 말라. 이게 나의 지겨운 현실이어서 어쩔 수가 없다.'

옆방과 건넛방에는 가족들이 저마다 어둠을 덮고 깊이 잠들어 있다. 보나 마나 누에처럼 웅크리고 누워 사방을 막은 벽 안에서 뒤척일 터이다. 밤이 되면 언제나 그렇게 평안한 보금자리로 알고 찾아와 지친 몸을 누여 잠 속으로 빠져들곤 한다. 그들은 어쩌다가 저 감옥 같은 공간에 스스로를 가두는 운명을 끌어들였을까?

그나마 협소한 방을 나오라고 달래는 것은 창호지 문에 입혀진 엷은 달빛뿐이다. 거실을 지나 뜨락으로 나가는 미닫이문을 연다. 엷은 초승달 빛조차 담벼락에 막혀 마당까지도 어둡고, 구석구석에는 짙은 검은색이 섬뜩하게 도사리고 있다. 늙은 감나무와 몇 그루의 관상수, 달리아와 나란히 정렬된 나지막한 꽃나무들, 높은 담, 그리고 전통 한옥의 오래된 처마가 그림자를 시커멓게 거느리고 있다.

그날 밤에도 좁은 방안은 침침했다. 여덟 살의 나는 세 살짜리 아우와 함께 어머니 품에서 숨을 죽이며 떨고 있었다. 충청도 땅 연산을 거치는 피란길에 역 앞의 아는 집 골방에서 묵고 있었는데, 한밤중에 공비의 습격이 벌어진 것이다. 국군과 빨치산은 거리에서 초저녁부터 새벽까지 시가전을 벌였다. 우리는 이불을 뒤집어쓰고 방바닥에 바짝 엎드려 잔뜩 졸아 있었고, 어머니는 부스럭대는 소리에도 손가락을 입술에 대며 연방 주의를 주었다. 어머니가 살그머니 일어나 문틈으로 내다보더니, 밖에서는 콩 튀듯 총격전이 벌어지고 있고, 총알들은 반딧불처럼 빛을 띠고 날아다닌다고 소곤거렸다.

그때 갑자기 "쉬~이 딱" 하는 소리가 아주 가깝게 들려 모두 몸을 움찔했다. 총알이 문을 뚫고 들어와 어머니 귀 옆을 지나간 것이다. 어머니는 몇 자 차이로 총알을 피했다고 무용담처럼 소곤거렸다. 아침에 사람들이 웅성거리는 거리로 나와 보니 공비와 민간인의 시체 10여 구가 가마니에 덮여 군경의 검사를 받고 있었다.

어머니는 그렇게 생사가 갈리는 위험 속에서 자식들을 꼭꼭 품고 6·25전쟁을 겪어냈다. 전쟁이 멈춘 뒤에도 자식들을 자꾸 집 안으로, 품안으로 끌어안으려 애쓰며 40여 년을 더 살다가 돌아가셨다. 어머니는 전쟁 전 젊은 시절에 지아비를 병사로 일찍 잃은 청상과부였다.

깜깜한 방안은 안식처일까, 감옥일까? 외부로부터 보호받는 성역 같지만, 벗어나기가 어려운 제한구역이기도 하다. 저 넓은 세계에서 딱 한 조각의 공간이 인간의 자유구역인 셈이다.

이 깊은 밤에도 어떤 곳에서는 화려한 향연이 펼쳐지고 있을지 모르는데, 저기 보이는 시야에서 월광의 회절과 투영을 게우며 누워 있는 밤은 낮의 그늘인가, 낮의 찌꺼기인가? 아니면 낮을 기다리는 희원의 앙금인가?

아련한 시선은 담 너머 하늘을 향해 뻗어나가 공중을 헤맨다. 그 시선의 끝에 희뿌연 세상의 환영이 몽실댄다. 부드럽고 상큼한, 늘 선망해온 나라이다. 인간을 짓누르는 무거움, 두려움, 죽음, 권위, 질곡, 간난, 균열, 사술 등등 온갖 해악에 오염되지 않은 필경 건강한 세상일 터이다. 소라는 자꾸 달아나는 하늘을 계속 따라갈 수가 없다. 애써 담벼락을 넘어가더라도 바로 범죄자나 미친 존재 취급을 당할 것이다. 담은 그만큼 높고 단단하다. 현관으로 나가도 다른 벽에 바로 부딪히고, 돌아가도 또 벽은 나타나기 마련이다. 나선형 벽 속에 갇혀 사는 소라는 자신이 때때로 물결에 휩쓸리다가도 결국 다시 갇혀버리는 고독체라는 자의식을 떨쳐버릴 수가 없다.

오르기 힘든 저 벽 너머에도 고달픈 삶들이 이 밤을 지새우고 있을 것이다. 엄습하는 졸음과 싸우는 야간 작업조, 생멸의 시간을 헤아리는 전선의 장병들, 어둠의 산야를 전조등으로 밝히며 달리는 장거리 운전기사들, 질펵한 환락에 빠져 있는 밤의 세계, 음습한 범죄의 현장들, 그 위험한 곡예들은 밤을 가리지 않는다. 그들에게도 일상은 이미 익숙해진 나원추형 껍데기 안의 아늑함일 것이며, 밖으로 나가면 바로 무서운 파도와 괴물들이 득실거리는 바다일 것이다.

부엌에서 냉수 한 잔을 들이켠 뒤 화장실로 이동해 소변을 보고 나니 내장이 한결 편안해진다. 편안함, 이 밤에 필요한 건 너이며, 네가 포근해서 좋다. 그러나 평화는 잠시뿐, 모기들이 '이때다'라는 듯 계속 달려든다. 잠깐 동안 벌써 몇 군데를 물렸다. 이놈들은 공격대상이 허욕에 빠져 허우적거리든, 하늘을 뚫어지게 바라보든, 지쳐서 늘어지든 막무가내다. 그놈들의 끈질긴 공세에 쫓겨서 지퍼를 열고 몸뚱이를 도로 방충망 안으로 구겨 넣는다. 벼랑 밑에, 벽 안에 스스로를 가두는 존재는 별수 없이 'Homo Confined', 갇혀 살아야 하는 숙명의 인간이다.

옆으로 비스듬히 누워 몸을 웅크린다. 눈가로 피로감이 모여서 엉긴다. 몸이 나른해진다. 세상이 밤 속으로 가물가물 빠져들어 간다.

2019. 3. 29.

합리와 정서의 동거

— 미국으로 건너가 로스앤젤레스 옆 버뱅크 시에서 장기체류를 시작할 때 좋은 이웃들과 어울려 살았다. 전형적인 미국 지성인들이어서 친절하고 성정이 맑았다. 은퇴한 변호사 가족과 록히드사의 고위 간부 출신 엔지니어, 대형 광고회사에서 중역으로 일했던 노신사 부부, 이혼했지만 어린 자녀들과 성실하게 사는 중년 여인 등이 우리 집을 둘러싼 이웃들이었다. 경제적으로도 상류는 아니지만, 비교적 윤택하게 살았다. 주택가 가운데 위치한 동네는 낯선 우리를 맞은 뒤로도 화기애애하게 지냈다. 늘 반갑게 만났고, 많은 이야기를 나눴으며, 미국 생활에 익숙하지 않은 우리 가족을 소소하게 도와주었다.

10여 년을 그렇게 살다가 멀리 오렌지 카운티로 이사를 하게 되자 섭섭해서 정성껏 예의를 갖춰 석별의 정을 나눴다. 그때 심정으로는 이사한 뒤에도 그동안 쌓은 우정을 계속 잇게 되기를 바라고 있었다. 그러나 그런 기대는 길게 남지 않았다. 우리를 보내는 그들의 태도에서 우리의 마음과는 다른 미국인 특유의 냉철한 기질이 읽혔기 때문이다. 그들은 우리를 좋은 이웃이었고 이사 가서도 잘 지내기를 바라는 입장, 이웃으로서 최선을 다한 처신, 그 이상은 아니었다. 미국에도 인정이 넘치는 사례가 없지는 않지만, 보통은 이웃일 때와 떠난 뒤에 대하는 온도의 차이는 동양적인 분위기와는 사뭇 다르다는 인상을 받았다.

강산이 변한다는 세월이 두 바퀴 넘게 돈 뒤 한국에 들어오니 옛정들이 반겨주었다. 친지와 친구, 옛 직장동료, 문우(文友)들, 그리고 그 외의 몇몇 동아리들은 예전의 인정미 물씬한 정서 그대로 푸근했다. 따듯한 인간관계를 피부로 느낄 수 있었다. 약속 시각에 늦든지, 웬만한 실수가 있더라도 눈감아주면서 그런 걸 신경을 쓰냐며 오히려 핀잔을 준다. 절대 미국으로 이사하지 말라고 미리 쐐기를 박으려는 친구들도 여럿 있다. 만날 때는 얼큰한 매운탕과 숯불고기를 한 상에 차려 놓고 왁자지껄 떠들며 침 묻은 음식을 함께 나누는 식사 시간이 정겨웠다. 스킨십만이 아니라 감정도 뭉텅이로 뭉쳐져 다감하다.

출신과 성향이 다른 서양의 '합리(合理) 군(君)'과 동양의 '정서(情緖) 양(孃)'은 동서 간의 문턱이 낮아져 빈번하게 왕래하다가 가까워졌다. 서로 필요해지고 공감이 늘자 급기야 동거에까지 이른다. 노자와 공자의 출신지이자 '정서 양'의 고향인 동양에서 살기도 하고, 임마누엘 칸트와 막스 베버의 고향 유럽과 첨단산업의 산실 미 대륙의 '합리 군' 본향에서 거주하기도 한다. 중국은 '합리 군'을 초빙해 대규모 산업을 관리하도록 하고, 미국은 '정서 양'을 불러 합리의 날카로움을 완화해 인간관계의 원활한 관리를 유도하도록 한다. 물론 '합리 군'과 '정서 양'은 함께 퓨전 음식을 조리해 보기도 하고, 서로 수용하고 서로 닮아가고 있는 형상이다.

지구촌이 세계화의 물결에 휘말리기 전에는 합리주의와 정의(情誼)주의는 별로 섞이지 않았다. 서양의 합리주의는 과학과 기술을 발전, 활용해 고도의 산업을 일으켜 정서에 빠져 있던 동양의 문명을 압도했다. 고도의 기술산업은 합리적 운영 없이는 불가능한 일이지 않은가? 뒤늦게 산업화에 눈뜬 중국은 합리주의를 무서운 속도로 흡입하고 조직해서 세계의 공장을 건설했다. 산업시설과 조직체계의 운용에 뺄 수 없는 요소가 합리성임을 재빨리 터득한 셈이다.

서양의 반성은 동양의 이념이 주는 단서와 궤를 같이한다. 합리의 독주가 반작용을 불렀지 싶다. 합리만이 판치는 미래는 무서운 인간성의 상실이자 비인간화의 세상으로 치달을 것이다. 급격히 발전하는 IT와 알고리즘, 인공 지능의 세계에서 가장 두려운 현상이다. 합리의 독주는 오히려 비효율의 함정에 빠진다는 예견도 가능하다. 아무튼 다행스럽게도 이제 합리와 정서는 고향을 묻지 않고 동거의 시대를 맞은 것이다.

아무리 동거해도 구조적인 차이와 DNA는 바뀌지 않는 모양이다. 중국의 공장에 깔린 합리주의는 지도부에 어른거리는 품성과 관계에 좌지우지되기 쉽다. 그 물줄기는 물론 하류에까지 흐르지 않을 수 없을 것이다. 막연한 정의주의는 동양의 어디에서나 소소한 인간관계에서도 자주 등장한다. 인간관계를 이기적으로 이용하려 하거나 사실대로 받아들이지 않고 자신의 이해와 연결해 해석하든지, 비틀어서 옮기는 경우 등 얼렁뚱땅 궤도를 벗어나려는 일탈도 그런 범주에 든다. 자신들의 정서라는 웅덩이를 거치는 동안 맑은 물은 오염되기 쉽다.

거꾸로 합리 군의 이성(理性)이 지나치게 강경하면 부러질 수 있다. 메마르고 냉정한 인간관계는 차갑게 느껴질 때가 있다. 세계의 지도국인 미국의 리더십이 최근 그동안의 포용적 입장을 바꿔 이해에 치중한 전략적인 태도를 취하는 행태도 그런 태도로 보인다. 완벽할 수 없는 인간사를 그렇게 원칙에 천착하면 정서의 여림에 쓰린 상처를 입히게 마련이다.

원칙대로 하면 실수를 막고 효율적이지만, 관용을 품으면 유연하고 외연이 넓어진다. 쉽지 않은 선택의 딜레마이다. 그래도 동거 생활의 원숙함은 애정을 바탕으로 서로 이해하고 포용하며, 최선을 찾아 하나로 수렴하려는 노력에서 나온 불변의 원리일 것이다. 실제 현실에서는 합리가, 인간성의 회복에는 정서가 보약이므로, 두 마리의 토끼를 잡는 명제는 지구촌의 난제로 보인다.

2020. 9. 13.

2장

대중 속으로

신인류 합류기

— 고층 아파트 숲속의 좁다란 거처에서 나오면 으레 밖에서 나다니는 인류와 조우하기 시작한다. 인사를 나누는 이웃들도 가끔 만나지만 대개는 낯선 이들이다. 개성과 이해가 다르더라도 공통점으로 짚어보면 같은 부류의 인종들이다. 몸짓과 의상, 언어가 각각이지만 큰 범주로 보면 그렇게 비슷할 수가 없다.

큰 거리로 들어서면 행인들은 부쩍 늘어나게 마련이고, 지하철 입구에 이르러서는 제법 조밀한 인파를 이룬다. 물 흐르듯 밀려가고, 꾸역꾸역 몰려오는 군중 속에 나는 어느덧 하나의 분자가 되어 출렁이는 인간들의 물결에 휩쓸린다.

지하철 개찰구를 향하는 걸음걸이는 천차만별이다. 속보와 완보, 팔자걸음과 십일자걸음, 종종걸음과 뚜벅거림, 갈지자로 걷는 모양새와 발을 오므리고 걷는 모습들이 모두 제 개성이 있다. 장신과 단신, 깡마른 홀쭉이와 뒤룩뒤룩 뚱뚱보, 정장과 캐주얼 차림 등등이 혼재하고, 수다를 떠는 패거리와 굳은 표정의 외톨이들도 뒤섞여 있다. 핫팬츠를 입은 젊은 여인들은 미끈한 종아리와 토실토실한 허벅지를 귀엽게 움직여 세련된 체구를 맵시 있게 나르고, 성큼성큼 전진하는 근육질의 청년들은 건장한 멋을 뿌리며 바쁘게 행진해 나간다. 출퇴근 시간대에는 인파의 물살이 더

세차서 그 흐름에 뒤처질세라 가랑이가 뻐근하도록 힘겹게 서둘러야 대열을 따라잡는다.

지하철 안의 풍경은 볼 때마다 진기하다. 어림잡아 승객의 8할도 넘게 휴대폰에 시선을 꽂고, 액정 위의 무엇인가에 몰두하고 있다. 대면과 유선을 통한 대화의 시대는 가물거리고, 대부분이 SNS로 원거리 통신을 하거나, 화면 위로 불러온 정보와 지식의 바다에서 유영하고 있는 중이다. 사람들은 단말기 하나로 멀거나 가까움에 구애받지 않고 언제든, 어디서든, 누구와든 손쉽게 연결할 수 있다. 소통은 물론 저장된 문자나 미리 보내온 메시지, 그리고 넘치는 문화 콘텐트와 첨단 정보로 과거와 현재, 미래에까지도 맞닿을 수 있다. 가위 시공을 초월하는 존재들이 아닌가. 지하철 안에 갇혀 있는 시간에도 원격 조종으로 외부 세계에 관여할 수 있는 슈퍼 인간들의 모습인 셈이다. 과학과 기술이 연장해 놓은 인간들의 두뇌 용량이 얼마나 늘어났고, 삶의 폭과 질량이 얼마나 증폭됐을까?

앞쪽에는 안경 쓴 50대 중년 남성이 긴 시간 진지한 표정을 지으며 휴대폰 화면에 집중하고 있다. 건너편에서 유심히 쳐다봐도 전혀 의식하지 못할 정도로 열심이다. 무슨 내용인지는 알 수 없으나 대학교수풍의 외모로 미루어 짐작하건대 상당한 수준의 지적인 글을 읽거나, 전문 분야의 프로그램을 들여다보는 듯하다. 지하철로 이동하는 시간을 활용하는 단순한 셈법을 넘어서 그는 시방 세상의 복잡한 이치나 심오한 진리, 또는 우주의 무한한 섭리에 뇌의 촉각을 뻗쳐 섭렵하고 있을지 모른다. 인류는 이미 우주의 현상과 비밀을 상당히 밝혀냈고, '우주 정복'이라는 개념도 상식화되지 않았는가?

감히 우주 정복이라니~! 아직은 달과 화성 정도의 탐험 수준이지만 그 의지만으로도 대견하다. 이 조그만 지구에서 저 광활한 우주를 넘보는 것이 인간의 두뇌이고, 인류의 힘이다. 지구에서 관측 가능한 별이 천억 개가 넘고, 우리가 속해 있는 은하계에만도 1억 개의 별이 떠 있으며, 줄잡아 70조의 은하계에 7백만 경의 별이 존재한다 하니(호주국립대 천문학팀 추산), 우주를 향한 인간들의 꿈은 일반인의 상상력을 뛰어넘어 멀리도 나가 있다.

저쪽 구석 경로석에서도 휴대폰에 열중인 노인이 보인다. 그와 어쩐지 공통점이 많을 성싶어서 곁눈질로 흘깃거렸다. 80대 중반을 넘겼을 그는 필경 '계수나무 한 나무 토끼 한 마리' 유의 동화를 읊으며 자란 세대일 것이다. 당시에 달은 최고의 아름다움과 낭만의 상징이었다. 농경 산업이 주종이었던 그 시대는 전통문화의 생활방식과 가치관, 규범이 대세였다. 아마도 수천 년을 전승, 발전시켜 온 문화의 축적일진대, 이제는 서구 문화와 첨단 문화에 가려진 채 본진은 사회의 외진 곳에 내재해버렸다. 저 노인은 휴대폰을 다루는 서투른 솜씨로 보아 밀려온 새 시대에 적응하려고 겨우 신시대의 하구(下丘)에서 서성이고 있을 터이다. 한 세대가 농경사회와 서구화한 사회, 고도의 IT 산업사회 등 세 문화를 차례로 영유하며 살고 있으니 어떤 면에서는 요행이라 할 것이다.

강남역에 이르자 승객들이 떼로 몰려 내리고, 우르르 탑승한다. 하차한 젊은이들의 발길이 다시 빨라졌다. 일터로 달려가는 중이리라. 재택 집무도 늘어나고 있으므로 딱히 출근길이라고 못 박아 말하는 날도 오래지 않을 것이다. 웬만한 사업체에서는 직장이든 재택 집무이든, 아니면 회의 장소이든 컴퓨터에 입력된 데이터와 패턴, 발 빠른 통신 연결로 대부분의 업무가 진행될 것이다. 업무처리만 아니라 생활의 수단도 사물인터넷의 개발로 깜짝 놀랄 변혁이 이뤄지고 있다. 첨단 분야에서는 AI나 알고리즘을 활용하는 프로그램을 속속 도입하는 수준까지 진화하고 있다. 변화의 속도가 고속이어서 미래에는 어디까지 변모할지 예측조차 힘들다.

약속 장소에서 차를 시키고 기다리면서 다시 생각에 젖는다. 기성세대의 굼뜬 지체에도 불구하고 세상은 초고속으로 진화하고 있다. 제4차 산업 혁명으로 인류의 문명이 천지개벽 같은 변혁이 이뤄지고 있는데, 그 변혁에 실린 인간의 본성, 인류의 본질은 어떤 모양을 띨 것인가? 인간의 의식과 가치체계도 물론 문화의 변화와 연동할 것이다.

다가오는 첨단의 시대에는 모든 사회적 시스템이 더욱 정교하게 짜여 사악함이 발을 붙이지 못하도록 건실한 인간사회를 견인할 수 있다면 오죽 좋을까? 그리하여 100세 내외의 짧은 세상살이가 보다 평안하고, 서로 신뢰하고, 어떤 인간관계들도 사랑으로 가득한 세상을 희원한다면 구름 같은 꿈에 불과할까? 조금씩 이라도 다가가려는 인간의 깨달음에 달렸을 것이다.

2019. 9. 25.

인내의 윤슬

— 따분한 주말, 가볍게 나들이나 하려고 현관을 나서다가 문득 고개를 돌려 집 안을 다시 훑어본다. 작은 거실에는 가구들이 과부하로 가득하고, 반쯤 열린 문으로 보이는 내 방은 침대와 문갑, 탁자가 좁은 공간을 메우고 있다. 오래된 한옥의 옹색한 구조는 늘 답답하게 느껴진다.

밖으로 나오자 우람한 옛 종친부 건물과 현대미술관 서울관의 넓은 경내가 부럽지만, 그래도 초라한 내 집으로 애착이 고인다. 선대(先代)는 여기서 질곡의 생애를 경작했고, 처참한 전쟁과 권위주의의 위압 아래 힘든 고비도 여럿 이겨내지 않았는가, 이보다 더 열악한 환경에서 견디는 층도 많지 않은가 하는 스스로의 꾸지람이 인다. 그렇다고 주거가 협소해서 쌓인 불편한 심사가 싹 가실 리는 없다.

감고당길로 들어서자 주말 오후인지라 인사동에서 올라오고, 삼청동 쪽에서 내려가는 인파로 거리가 빽빽하다. 너무 복잡해서 되도록 단순하게 살고 싶은 심정을 무던히도 거스른다. 서둘러봐야 앞서 나갈 수도 없고, 옆과 뒤도 의식해야 하며, 나의 갈 길보다 남의 행보에 더 신경을 써야 무난하다. 행렬의 흐름을 순순히 따라가야 편한데, 그 속에서 마주치는 시선들은 모두 동행자 외의 타인에게는 매정하게 느껴진다.

인사동 거리는 더욱 붐빈다. 상점들을 기웃거리는 외국인들, 쌍쌍을 이룬 관람객들, 여러 명이 몰려다니는 그룹 등등이 엉겨 법석이다. 몸놀림은 대개 긴장이 풀려 흐느적거리고, 걸음과 동작들도 느릿하다. 모처럼 일상에서 벗어난 여유 같기도 하고, 어찌 보면 평화롭게도 보인다. 운신의 폭은 고작 한 평도 허락되지 않을 때가 잦으나 어지러운 혼잡 속에서도 저마다 서로 부딪침을 피해 나가 무질서 속의 질서가 유지되니 대견스럽기도 하다. 제약 속의 자유로움이라고 할까?

이따금 무례하게 다가오는 측과 맞부딪치려는 순간 가까스로 위기를 넘기기도 한다. 물리적인 마찰이 자주 일어나지는 않지만, 가려는 의도와 오려는 의지 간의 보이지 않는 상충이 미어진다고 생각하니 가슴이 답답해진다. 의지의 충돌을 억제한다는 것도 일종의 참는 일이므로 인사동 거리는 참음이 흐르는 강(江)인 셈이다.

인파만이랴. 전통문화의 장터에 관광사업이 밀려와 오만가지 기념품상과 먹거리점들로 번잡하기 이를 데 없다. 업소들의 몰림은 이 바닥에 경쟁이 얼마나 치열한가를 쉽게 느끼게 하고, 업체 사이에서 살벌한 경쟁이 극심함을 암시하고도 남는다. 서비스사업의 운영 자체가 가로로나 세로로나 일종의 겨룸인 만큼 그 인내의 아픔이 선하다.

자칫 낭패를 저지를 뻔했다. 한 상점에 웬 고객들이 저리 북적이는가 싫어 한눈을 파는 사이 사람들로 가려졌다가 갑자기 나타난 쉼 돌에 부딪칠 뻔하고, 쉼 돌을 피하다가 뒤뚱, 길바닥에 엎드려 있는 한 생명체를 밟을 뻔한다. 두 다리가 절단된 장애인이다.

밀려오는 인파의 압박을 무릅쓰고 우뚝 서서 그를 한동안 내려다보았다. 불구가 된 참화의 경위는 알 수 없다. 어떤 증후를 어떻게 견디며 연명하는지도 모르겠으나 그가 던지는 충격에 많이 아프다. 인고의 덩어리가 주체 못 할 무게로 안겨 온다. 온몸의 힘이 쭉 빠져나간다. 그가 감내할 인내의 한계 상황도 떠오른다. 참음도 차등이 있음을 잊고 지냈다는 자책도 든다.

미안한 마음에 지갑을 열고 조금 성의를 건네자 움직이지 않고 죽은 듯이 누워 있던 생명이 움찔, 뜻밖의 반응을 보인다. 고개를 치켜세워 어설픈 미소를 띠더니, 머리맡 용기에 떨어진 지폐를 얼른 간수한다. 반짝 빛나는 그의 눈빛이 허공에서 얼핏 스친다. 햇빛이 사람들의 무관심 속에서 미동하는 그의 삭신 위에 부단히 내리쬐고 있다고 느끼며 유유한 인파 속에 다시 합류했다.

'초상화', '표구', '병풍'이라는 광고판이 덕지덕지 걸려 있고, 간판들의 난립 속에 삐죽 보이는 '예일화랑' 표지. 인사동의 종로 쪽 탑골공원 가까운 한 건물 귀퉁이에서 그가 표방하고 있는 상호이다. 비집고 내민 제법 어엿한 간판에도 불구하고 좁디좁은 그의 화실은 한 평의 반의반도 채 못 된다. 그는 플랫캡을 눌러쓴 채, 조그만 의자에 쪼그리고 앉아서 그림에만 몰두하고 있다. 삼각이

젤 하나 겨우 세워놓고, 팔레트 위 물감을 세세히 골라 캔버스 위에 유화를 그리고 있다. 그의 진수가 붓 끝에서 살아나는 듯하다.

늙수그레한 저 화백은 어떤 경로를 거쳐 사람들이 끊임없이 몰려다니는 군중의 강 여울목 언저리에 작은 섬 하나 만들고, 그 안에 갇혀 있을까? 어쩌다가 저렇게 고독한 작업에 함몰돼 있을까? 재화의 달콤함이 그의 인고를 다스리고 있을까?

명동 입구에서 잠시 망설인다. 명동길은 너무 요란해서 벌써 미간이 찌푸려진다. 조금 전 한 흡연자가 보인 태도도 아직 꺼림칙하다. 보행자가 많은 빌딩숲 거리에서 담배 연기를 마구 뿜어내더니 꽁초를 하수구 쪽에 휙 던지고, 가래까지 탁 내뱉었다. 호통이 터져 나옴을 참으며, 정색을 하고 그를 쳐다보았다. 대응하는 그의 곱지 않은 시선에 더 화가 났지만, 울화를 삭이면서 이곳으로 온 참이다.

대중의 숨결이 물씬한 명동, 추억도 아롱진 거리의 체험은 오죽 좋을까 하면서 들어섰는데 여전히 법석을 이루고 있다. 앞으로 나가려는 발길은 사람들에 막히기 일쑤이고, 호객 소리와 광고 음악은 너무 요란하다. 상술은 곳곳에서 춤추고, 평정심은 머물 자리가 없다. 밀고 밀리는 걸음과 상품을 찾는 물욕이 거대한 물줄기로 흐르고 있는 것이다. 어깨를 툭툭 치고 가면서도 모른 체하고, 미안함은 오히려 상대방에게 떠넘긴다. 즐비한 건물들도 층층에 호객하는 물질과 게걸대는 소유욕을 톤 단위의 규모로 올려놓고 조바심하고 있을 것이다. 달떠 있는 심리가 꾸역꾸역 모여 들었겠지만, 여기서는 누구나 참을성 없이는 한순간도 부지하지 못할 성싶다.

명동에 운집한 군상들이 참기 위해 모인 듯이 비치고, 즐기는 종(Homo Ludens)이기보다 '인내하기 위해 태어난 종(Homo Tolerantia)'으로 여겨진다.

석가모니가 설파한 고해가 여기인가, 그리하여 돈오와 해탈을 제시한 것인가?

공자의 위계질서와 어짊은 이 어지러움을 극복하기 위한 알고리즘인가?

예수의 희생정신과 사랑도 이런 세상을 극복하기 위한 계시인가?

바글거리는 군중을 빠져나와 길 건너편 건물에 오른다. 애비뉴엘과 영프라자 건물을 잇는 구름다리에서 내려다보이는 명동길은 도도한 강이다. 자세히 보면 인간들이 저마다의 색깔을 띠고 작은 몸짓으로 요동치고 있다. 강물의 윤슬이다.

시대의 미래인 대중은 가슴마다 인내를 먹먹하게 품고도 영롱하게 반짝이고 있다.

2016. 7. 12.

우리들의 아바타

— 그는 홀로 테이블 위 술잔을 연거푸 비우면서 이따금 한숨을 몰아쉬었다. 얼마나 지났을까? 술기운이 어지간하자 굳게 닫혔던 말문을 열고 중얼거리기 시작했다.

"이게 잘난 내 생애였다는 거지? 측은도 하네. 그렇게 살 수밖에 없었던가? 강물에 섞여 떠내려가는 한 움큼의 물기 같은 신세였군. 살아오면서 굽이마다 몇 차례 뜻대로의 선택은 가능했지만, 크게 보면 큰 바다로 들어가는 하천의 지류였지 싶네. 이 길로 가나 저 길로 가나 헤어나지 못하는 흐름 속에 갇혀서 허둥댄 미물이 아니었던가!"

그의 생각은 구체적인 사실보다, 살아온 궤적을 되짚는 데에 꽂혀 있었다. 어릴 적부터 지금까지 영유한 삶은 줄곧 작든 크든 소속된 조직 속에서 벗어날 수가 없었으며, 그 내부의 기류에 따라 몰려다니는 개미 같은 존재였다는 진단이다.

어려서는 가족의 울타리 안에서 가풍(家風)으로 길들여졌고, 또래들과 어울려서도 제한된 그 분위기에서 벗어날 수가 없었다. 학창 생활은 더 조직화되고, 규범화되었으며, 학습과 규칙이라는 무거운 짐이 늘 짓누르던 시기였다. 초등학교부터 고등교육까지의 시기를 통틀어 하나의 학생일 뿐이었지, 무구한 소년이나 청년의 참모습은 아니었다. 세상이 쳐놓은 망에 갇혀 있었고, 본래의 삶을 살았다고 하기가 어렵다는 판단이었다.

직장은 더 무섭게 옥죄는 권력이었고, 옴짝달싹 못 하게 규제된 삶의 현장이었다. 위로는 층층의 상사들이 일거수일투족을 내려다보는 눈초리가 따가웠고, 옆으로는 경쟁의 송곳들이 즐비하였으며, 아래에서도 내색하진 않지만 위를 재단하며 계산기를 끊임없이 두드리고 있었다. 숨 막히는 안팎의 시선 속에서 무거운 책무를 껴안고 하나의 세포처럼 뛰던 시절이 직장생활 아닌가. 대놓고는 집단의 생리를 벗어날 수 없는 분자, 뭉쳐서 굴러가는 덩어리의 한 부분이었다.

그는 너무 부정적으로만 본다는 지적을 의식하고는 있었다. 그렇게 치밀한 그물 안에도 소소한 재미와 즐거움이 없지 않았고, 용기만 있다면 상황을 타개할 기회를 만들 수도 있었음을 알고 있었다. 테두리 안에서의 생활은 사회화와 인격 형성의 거름이었음도 부인하지 않는다. '아름다운 세상!' 또는 '마음먹기에 따라 천당과 지옥이다'라는 아포리즘(Aphorism)이 인구에 회자됨을 모르는 바가 아니고, 상황을 전향적으로 바꿀 수 있는 가능성의 세계를 부정하는 것은 더구나 아니다. 그러나 오늘 그의 시야에 가득 들어온 세상은 빡빡하게 직조된 거대한 레비아단(Leviathan)이었고, 그 안에서 발버둥 쳤던 자신의 과거와 삶의 형질은 너무도 초라하게 보였다.

그는 한 친구가 요양원에서 사망하기 직전 병문안을 갔던 자신의 손을 꼭 잡고 기어들어 가는 목소리로 "인생이 별 게 아니었네" 하며 눈물을 훔치던 기억을 다시 떠올렸다. 고인은 최고의 대기업에서 앞서가던 인재였지만, 속박이 싫다고 튀어나와 가능성의 나라라는 미국으로 건너가 스스로 작은 회사를 세워 경영했었다. 회사 운영이 어디 쉬운 일인가? 모처럼 대작하면서 듣는 그 어려움은 퇴직 전의 회사에서보다 훨씬 더 심한 구속이었다. 겹겹이 조여오는 경영 압박에 지쳤으며, 괴로워하다가 끝내 와병했던 것이다. 깡마른 삭신에 거의 해골 같은 몰골로 연명하던 고인 옆에서 그는 불길하게도 그가 곧 희구하던 자유를 만나겠다는 예감이 들어 잠시 면벽하고 수심에 젖었었다.

그는 자식들을 어느 부모에 못지않게 끔찍이 키웠다. 아이들의 몸은 곧 자신의 살갗이자 심장이었다. 그러나 성장한 뒤 독자적인 사회생활에 들어가자 그들은 이미 다른 행성으로 멀어져 갔다. 기껏해야 명절이나 생일 때 들르거나 전화를 거는 정도의 왕래를 대단한 행사로 여긴다. 큰 사고를 당했거나 발병했을 때는 달려와 아파했지만 그뿐, 바로 빽빽한 일상으로 뿔뿔이 달아나곤 했다. 자신이 그랬듯이 파장(罷場)의 쓸쓸함은 부모들로부터 내려오는 대물림이라는 생각이 들어 고개를 숙였다. "아이들도 나름의 일에 엮여서 바쁘게 살아가고 있는데 무슨 망령된 바람인가?"라고 중얼거리면서도 그의 안면에는 그리움이 쉬이 가시지 않는다.

그의 그리움은 소박한 부정(父情)만이 아니다. IT와 디지털 시대는 사회생활을 더 메마르고 촘촘히 엮는다. 더구나 더 빼곡히 몰려와 생활을 전반적으로 지배하는 컴퓨터와 휴대폰은 태생적으로 인간의 감정 이입에 비우호적이다. 메시지에 끈끈한 정서가 원천 배제되지는 않지만, 효율성에 밀려 자칫 거부될 수 있는 대상이다.

앞으로 더 조밀하고, 더 각박한 세상에서 자식들의 삶은 어떻게 변할지 걱정이 되었다. 자식들의 후예들은 더욱 냉엄한 비인간화로 치닫겠다는 생각에 미치자 그는 자리를 박차고 일어났다. 그리고 비틀비틀 거리로 나와 정처 없이 걸어 나갔다. 그가 앞을 제대로 보고 걸어가는지도 분명치 않았다. 그렇지만 그는 다시 돌아와 독주를 마실 것이고, 다른 선택의 여지가 없음을 탄식할 것이다. 그는 오늘을 사는 우리들의 현신(現身)이 아닐까?

2020. 8. 29.

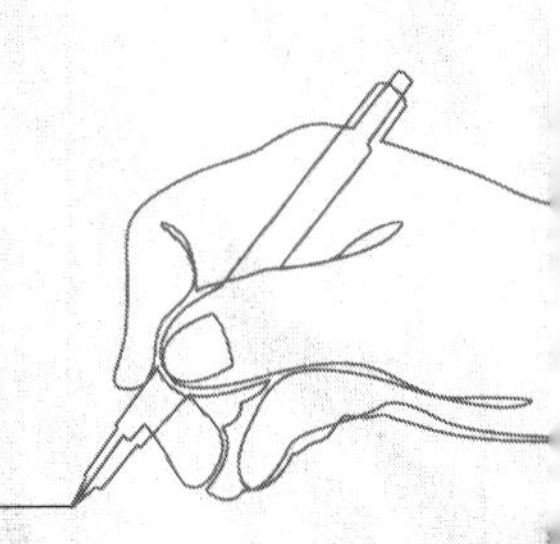

3장

이슥한 사부곡(思父曲)

메아리 없는 대화, 그리고

— 어찌 그리되셨어요, 아버지?

젊디젊은 연세에 세상을 훌쩍 넘어가시니 떠나신 자리에 커다란 구덩이가 파였지 않아요. 그 구덩이는 끔찍한 괴물이 되어 우리 가족의 눈물을 다 빨아가고, 기쁨과 즐거움도 송두리째 앗아갔어요.

연로하신 할머니께서 한여름 뙤약볕에 김매시다가 굽은 허리를 펴시면서 흙 묻은 손등으로 훔치시는 눈가의 물기, 사랑채에서 밤새 해소와 함께 토하시는 할아버지의 통한, 고요한 밤 바느질 손을 떨구시며 붉히시는 어머니의 눈시울, 그런 것들이 모두 그 구덩이로 빨려 들어갔어요.

유복자 막냇동생이 태어났을 때도, 저희 형제가 선망하던 상급학교에 진학했을 때도, 저희가 아내들을 맞아 곱다고 덕담을 들었을 때도 "애비가 있었다면~" 하는 할머니의 탄식 한마디로 기쁨은 모두 그 구덩이에 처박혔습니다.

원망은 아닙니다. 손아래 동생이 꽃망울 같은 어린 나이에 아버지 곁으로 떠나버렸을 때 "하늘의 뜻이다"라고 더듬거리시던 할아버지의 절제된 절규가 아니더라도, 뭇 사연들이 얽힌 운명에 의해 생사가 갈린다는 이치를 어렴풋이 알고 있었으니까요.그러나 당시에는 나름대로 앞선 사업을 벌이시느라 너무 무리하셨는지, 더 발 빠른 치료는 가능하지 않았는지 하는 의문은 그 자체로도 애를 끓는 아픔이었습니다.

저는 고작 여섯 살 난 어린 나이에 아버지를 여의었으니 그 구덩이의 깊이나 넓이를 제대로 헤아릴 줄 몰랐지만, 집안에 가득한 침잠과 끈적거림은 정말 싫었습니다. 뽀얗던 손등이 거칠어지고, 이마에 잔주름이 는 어머니의 남몰래 그늘지는 표정이 곁눈질에 잡힐 때는 영문도 모를 비애가 치밀었습니다. 그럴 때는 집을 뛰쳐나가 밭두렁이나 개울가 잔디에 주저앉아 먼산바라기가 되어 부아를 삭이곤 했지요. 그 먼 산 중턱에 아버지의 산소가 반듯하게 자리 잡고 있었어요.

이상하지요? 언제부턴가 산소를 바라보고 있으면 아버지께서 묻히신 작은 땅덩어리라는 생각 너머에 묘소 자체가 저에게 의젓하고 근엄한 형상으로 다가오는 것이었습니다. 그리하여 저는 산소와 서로 위로하듯 마음속으로 대화를 나누었습니다. 울적할 때나 괴로울 때, 혹은 반가운 일이 생겼을 때는 얼른 산소를 바라보거나 마음속으로 떠올리며 아버지와 자식 간에 오갈 법한 정서를 공유하고자 했습니다. 오감의 심리적인 변주일까요? 아무튼 괴물 같던 구덩이는 날로 작아지고, 산소는 점점 더 크게 보였습니다.

한국전쟁이 터졌지요. 세상은 그야말로 혼비백산, 극심한 혼란에 빠졌고, 집집마다 허둥지둥 피란한다고 난리였습니다. 조부모두 분과 어머니, 저희 형제도 공포에 질려서 서둘러 피란길에 나섰지요. 급한 대로 짐보따리들을 돌돌 싸가지고 들고 메고 기약 없이 떠나는 행렬에서 저는 연방 뒤를 돌아보았습니다. 언제, 어디서 생사가 갈릴지 모를 불안에 싸여 물오리 떼처럼 멀어져 가는 우리 가족을 내려다보며 산소는 어떻게 여기고 있을까 하는 의문이 머릿속을 맴돌았기 때문이었습니다.

피란지에서 이루 다 형언하지 못할 고초를 겪은 뒤 전황이 바뀌었다는 소식을 들었습니다. 우리는 국군의 수복을 따라 다시 고향으로 돌아왔지요. 산길로 들길로 백 리를 걸어 동구에 이르렀을 때 는개에 뿌옇게 싸인 아버지 산소가 멀리 가물거렸습니다. 어찌나 반가운지 지쳤던 심장이 마구 요동을 쳤습니다.

지금 생각해보면 아버지, 저는 산소로부터 많은 것을 깨닫기도 하고, 다짐하기도 했습니다. 어려움에 부딪혔을 때는 용기를, 기쁠 때는 자제를, 정신이 느슨하면 분발을 일깨웠습니다. 더욱 소중한 것은 한 생명의 자리가 비워지면 그렇게 깊은 구덩이가 파이는 것이고, 그렇다면 한 사람 한 사람 대하기가 얼마나 무거운 일인지를 깨우쳐준 것입니다.

* * *

어느 해 가을 늦은 저녁에 서울에서 아우가 로스앤젤레스로 전화를 걸어왔다. 몇 마디 인사를 나눈 뒤 아우가 멈칫거리면서 뜻밖의 운자를 떼었다.

"형님, 아버지 다비 모시지요."

"그게 무슨 소리냐, 갑자기?"

"그렇게 하시지요. 나중을 생각해서도요."

나는 한참을 아무런 대꾸도 할 수 없었다.

"산 임자의 눈치도 부담스럽고, 모든 것이 너무 번거로워요."

"지금까지 잘 해왔지 않아?"

해외에 오래 살고 있어서 아버지를 생전에 한 번도 뵙지 못한 유복자 동생에게 성묘며, 벌초며 다 맡겨왔던 자책감이 무지근하게 치밀었다.

"요즈음 추세가 다 그래요. 다음 세대에는 더욱 그럴 거고요."

"그래도 그렇지~."

잠시 침묵이 흐른 뒤 아우가 가라앉은 목소리로 말을 이었다.

"너무 서운하게 생각하지 마세요. 혼백은 벽제 어머니 곁에 모실까 해요."

아버지를 어머니 옆에 모신다는 말에 나는 녹아버렸다. 두 분이 새파랗게 젊은 시절에 헤어진 뒤 얼마 만의 해후일까? 80 평생 아버지를 그리며, 명주실처럼 사시다가 돌아가신 어머니가 아닌가.

"준비는 다 됐어요. 일할 사람들도 약속이 됐고요."

추인만을 기다리는 눈치였다.

"그러냐? 수고가 많았구나. 그러면 정중히, 그리고 지성으로나 모시어라. 구덩이도 잘 메우고."

"걱정하지 마세요. 못 오시는 사정은 아버지께 잘 고하겠습니다. 아버지 잘 모신 다음 다시 전화 드리겠습니다. 안녕히 계세요."

나는 아직 전화기를 들고 있었지만, 저쪽에서 먼저 끊어지는 소리가 딸칵하고 들렸다.

뭉근한 심장을 누르며 한동안 거실을 서성이다가 참지 못하고 후다닥 집 밖으로 나왔다. 등 뒤에서 아내의 목소리가 무어라고 들렸으나 허공에다 대충 고개만 끄덕여 주고 그냥 걸어 나갔다. 거리는 어둑어둑 저물었고, 시야는 흐릿했다. 머릿속이 띵하다고 느끼면서 무엇에 쫓기듯 무작정 걸어 인근 공원에 이르렀다.

공원에는 인적이 끊기고, 희미한 달빛에 낯익은 고목들이 묵묵히 서서 내려다보고 있었다. 그 나무들 사이에 묘지가 환영으로 나타났다가 사라지곤 했다. 하늘에는 별들이 죽은 이들의 눈알이듯 무수히 깜빡이고 있었다. 공원 잔디밭 귀퉁이에 짐승처럼 서서 나는 태평양 쪽 고국 하늘을 멍하니 바라보았다. 스산한 바람이 희끗희끗한 내 머리카락을 이리저리 날렸다. 흉부가 빽빽함을 느끼며 한참을 그렇게 서 있었다.

절을 했다. 두 번 하고 나서도 멈추지 않고 계속했다. 누르고 누르던 가슴 속 응어리가 급기야 목구멍으로 복받쳐 나올 때까지 절을 했다. 그리고 폭 꼬꾸라져 흐느꼈다. 오래오래~.

2019. 7. 27.

효심(孝心)은 아름다웠네

— 설 명절 내내 '효(孝)'가 머릿속을 맴돌았다. 차례를 지낼 때와 성묘를 다닐 때는 물론, 친족들과 친구들을 만나는 자리에서도 무시로 떠올랐다. 심지어 거리를 다니는 사람들의 표정에서도 '효'라는 이미지가 입혀져 있었고, 효도를 위해 움직이고 있다는 인상을 자주 받았다. 그만큼 '효'는 우리의 의식 속에 아직도 깊게 흐르고 있고, 문화의 한 중요한 요소로 내재해 숨쉬고 있다는 증표이리라.

'효'는 부모에의 사랑이고, 존경과 감사, 그리고 공경이다. '효'는 그러나 알게 모르게 더 광범하게 영향권을 형성하고 있다. 부부애와 형제자매의 우의도 부모와의 공경심과 연결돼 있고, 친족관계와 향수도 부모에의 정과 떼어놓기가 어렵다. 더 확대해서는 공동체와 나라에의 충정도 효심과 동질의 정서, 신념을 공유한다고 봐야 한다. 효심이 엷은 사람에게서 진정성 어린 사회관이나 국가관을 기대할 수 있을까? 더러는 효심을 보여주면서도 사회적으로 눈총을 받는 경우가 있지만, 그건 진정한 효심이 아닐 것이다.

유교가 강조한 삼강오륜은 어찌 보면 한 덩어리의 규범이다. 분명하게 나뉘어 있지만, 서로 얽히고설킨 종합적인 윤리 도덕성의 당위 개념이다. 효심과 충정이 그렇고, 효심과 부부애, 효심과 사람 존중, 효심과 우정은 어찌 보면 본향이 같다. 효심과 같은 맑은 성질의 심상은 순수하고 열렬한 애국심의 바탕이 되기도 한다. 효심을 깊이 품어보지 않은 메마른 성정의 인품에게서 뜨거운 부부애나 따듯한 우정을 기대하는 일은 나무한테서 물고기를 구하는 꼴은 아닐지. 공자가 처음부터 그런 의도를 염두에 두고 유교를 설계했는지, 그 후에 그렇게 되었는지는 분명치 않지만, 아무튼 '효'를 아우르는 도덕률은 상호 작용, 동질성을 띠면서 2천 5백여 년 동안 동양 문화권을 이끌었고, 오늘날까지도 세상의 내면에 무시하지 못할 문화적 토양이 돼 있다고 여겨진다.

경기도 수원을 거쳐 화성의 효행로를 따라가 융건릉에 다다르면 곳곳에서 정조(正祖)의 애틋한 효심이 절절히 느껴진다. 정치적 부담을 무릅쓰고 부친 사도세자와 모친 혜경궁을 융릉에 안치시킨 일과 배다리를 이용한 성대한 참배 행사, 수원 행궁에서의 혜경궁을 위한 환갑잔치, 융건릉에 가까운 수원성 축성 등은 정조의 각별한 효심에서 우러나온 결정체요 문화유산이다. 약관 11살 때 부친 사도세자가 조부 영조의 명으로 뒤주에서 비참한 죽임을 당한 현장을 목격한 어린 아들의 충격이 지극한 효심으로 발현되었을 것이다. 그 순수한 효심이 정조로 하여금 선정을 펴도록 하는 현군의 심성을 심어주었음은 쉽게 짐작이 간다. 정조는 사도세자의 희생을 부른 당쟁(당쟁 외에도 포악한 성격도 원인이라는 기록도 있음)을 막기 위해 탕평책을 썼고, 규장각을 세워 인재를 양성하고자 했으며, 장용영(壯勇營)을 설치해 특별한 군사훈련을 시켰고, 수원성을 축조해 정치개혁을 추진했다고 전해진다.

유년기에 부친을 여읜 나는 아버지에게 효도할 기회가 없었다. 부정을 느껴보지도 못했고, 자식의 도리를 전할 길도 없었다. 다만 평생 그리움과 애석함을 늘 품고 살았다. 당연한 결과로 청상과부가 된 모친은 아들에게 특별한 분일 수밖에 없었고, 모자의 정은 서로 더없이 간절했다. 그런데도 아들의 긴긴 해외 생활 때문에 어머니를 가깝게 모시지 못하고 아우에게 부담을 주는 안타까움을 면할 수가 없었다.

어머니에 대한 기억이 가장 애틋한 부분은 모친이 중한 병환에 시달리실 때 모시고 병원에 다닌 일이다. 직장의 일로 바빠도 매번 새벽에 일어나 멀리 병원에 모시고 가서 길게 늘어선 차례를 기다렸다. 그러면서 나눈 모자간의 대화는 따듯하고 정겨웠다. 중환이라는 의사의 진료를 받았을 때의 낭패감과 호전되었다는 결과를 받는 기쁨은 눈물겨운 순간들이어서 지금도 생생하다. 어머니는 아들을 안심시키려고 애써 당혹감을 감추려 했고, 감격은 아들에게 미루었다. 그럴 때 자식은 감동에 겨워 내색하지 않고 속으로 흐느끼고 있었다. 그 아름다운 추억은 나의 온 생애에서 드물게 빤짝이는 보석 같은 장면이다. 부모와 자식 간에는 누구나 이러한 체험 한두 가지는 간직하고 있을 것이며, 무엇과도 바꿀 수 없는 소중한 가치임에 틀림없을 것이다.

시대가 바뀌고 사회-문화가 변함에 따라 '효'라는 명제도 덩달아 변질되었다. 핵가족 사회가 발전하자 부모에 대한 생각은 훨씬 덜해지고, 농도도 흐려졌다. 자식들은 결혼하자마자 분가하고, 그 제도에 맞게 부모 자식 관계는 점점 더 멀어지고 형식화되고 있다. 자식들은 자연히 자기들 부부와 자신들의 자식들에게 더 치중한다. 예전에는 부모를 위해서라면 자식도 버릴 수 있다고 가르쳤지만, 지금은 그런 일은 상상도 못 할 지경이다. 자식들을 부모보다 우선하는 경향은 이미 상식화돼 버렸다. 부모들은 미리 알아서 뒤로 물러나야 지각 있는 부모로 대접받을 수 있는 게 현실이다.

삼강오륜은 이제 한국 사회에서도 다분히 빛바랜 유물이다. 바쁜 세상에서 반드시 지키지는 못할 규범이 돼버린 것이다. 시대적 변화에 따라 사회-문화적 가치체계가 달라진 추세는 어쩔 수 없다. 시대의 흐름에 적응해야 바보스럽지 않다. 그러나 효의 가치에 내재해 있는 인간 본질에 관한 근본적인 이치는 저버릴 수 없는 기본이다. 아무리 세상이 변했다 치더라도 자식을 낳고, 키우는 과정과 그런 과정에서 쌓이는 정은 어쩌지 못하는 숙명 같은 것이 아닌가?

효심 속에 깔려 있는 공경의 정신은 자식들이 부모에 바치는 도덕을 넘어서 사랑이 가득한 가정을 이루게 할 것이고, 우정이 쌓이는 교우를 낳게 할 것이며, 건강하고 따듯한 인간관계를 가꾸게 한다는 깊은 의미를 품고 있다. 효심이라는 어휘와 개념은 사회의 의식 수순에서는 뒤로 밀리고 있지만, 그 가치가 시들어버리지는 않을 것이다.

2020. 1. 27.

외로워서
향기로운

— 딸은 되도록 참는 편이다. 주변에서 불쾌하거나 힘든 일이 일어나도 웬만하면 자신이 감당할 몫으로 받아들여 침묵하고 만다. 그래서 견디기 어려운 일을 겪었음을 한참 뒤에 알게 된 경우가 종종 있다.

대학 다닐 때 강도를 당했을 때도 그랬다. 귀갓길에 캠퍼스 안의 길가에 주차한 승용차의 운전석에 앉자마자 흑인 강도가 창문을 열라고 권총으로 위협하고 손가방을 뺏어 달아났다. 권총 강도를 당한 일이 여대생에게 얼마나 큰 충격이었겠는가. 그런데도 딸은 바쁜 부모에게 걱정이 될까 봐 알리지도 않았다. 친구를 불러 위로를 받으며 안정을 취한 뒤 학교와 경찰에 신고해서 깔끔하게 뒤처리를 했다.

로스쿨에 다닐 때는 장학금으로 학자금을 지원받고도 교수를 돕는 아르바이트로 숙식비 등을 너끈히 충당했다. 그러고도 꼬깃꼬깃 모은 예금을 급한 집안일에 쓰라고 적잖게 보내주었다. 어렵다고 알려진 법과대학원 과정 중에 시간을 쪼개서 부업을 한 것은 그리 쉬운 일이 아니었음을 나중에 알았다.

중학교 1학년 때 부모를 따라 미국에 건너왔으므로, 학교 수업에서 모국어가 아닌 영어를 써야 하는 것 때문에 적잖게 힘들어 했다. 대학 시절에는 전문 서적을 반복해 읽어야 완전히 소화할 수 있다고 중얼거리는 소리를 들었다. 그래도 짜증 내지 않고 모두 잠든 깊은 밤과 새벽까지 학업에 매진하던 모습이 아직도 측은하게 떠오른다.

아내를 고르는 데 곰보다 여우가 낫다는 옛말이 있지만, 참는 성품이 꼭 아둔하지는 않은 듯하다. 안팎의 처신에 나무랄 데 없이 바지런하고, 일처리도 매우 철저하고 분명하다. 학창 시절에 기숙사에 머물다가, 또는 결혼 후 분가해 멀리 살다가 가끔 본가에 들르면 부엌 살림과 가구들을 얼마나 깨끗하게 닦고 정리해 놓는지 제 엄마가 혀를 차곤 했다.

변호사 시험에 바로 합격했지만 두뇌로 남과 싸우는 직업이 싫다며 법조계 대신에 공무원의 길을 선택했고, 비교적 젊은 나이에 미국 연방정부의 한 부처 서부지역 총책임자의 자리에 올랐다.

북캘리포니아 버클리의 아들네 집에서 머물고 있는데 딸에게서 급히 와달라는 전갈이 왔다. 문자로는 이유를 알 수 없었지만, 전례 없이 급한 손짓이었다. 아비는 가슴이 두근거리면서도 책 한 권 들고 오라는 붙임 말에 초조를 달래며 피드몬트의 딸네로 황급히 차를 몰았다. 딸은 핼쑥한 얼굴로 기다리고 있다가 제 차를 타라고 어리둥절해하는 아비를 재촉했다.

딸은 큰 수술을 앞두고 있었다. 석 달 전에 잇몸의 혹을 떼는 수술을 받았는데, 당시에 턱뼈가 손상돼서 그곳으로 세균이 심하게 감염됐다고 한다. 통증이 심해서 아침에 병원에 갔더니 의사가 놀라면서 당장 수술하지 않으면 위험하다고 진단을 내렸다는 것이다. 그 구강악안면(Oral & maxillofacial) 전문의사는 다른 예약까지 연기하고, 수술을 준비하고 있는 상황이었다. 정황을 말하면서 딸은 그래도 애써 담담했다.

의료팀이 수술 준비를 하는 짬을 내서 집으로 돌아와 남편과 아이들의 뒷바라지와 최악을 대비한 뒷일들을 대충이나마 정리하고 난 참이었다. 딸이 "최악"이라고 말할 때 아비는 가슴이 철렁 내려앉아 모든 게 서름서름했다.

몇 달 전 잇몸 수술을 했고, 조직검사 결과도 괜찮다고 들었는데 이게 무슨 일일까? 딸은 직장과 집안일에 빡빡하게 물려 있어서 치료가 잘됐다는 의사의 말을 믿고 '나아지겠지'에 매달렸다. 직장과 가정에 부담을 주지 않도록 내색하지 않고 통증을 참으면서 죽으로 견뎌냈다. 위험한 수술을 목전에 두고 아비를 불렀으니 황소만큼이나 참는 데 이골이 난 게 아닌가.

수술은 두 시간 반이나 걸렸다. 수술실에 들어갈 수가 없는 아비는 대기실에서 안절부절못했다. 간호사가 지나가면 목을 빼고 소식을 더듬었다. 수술실 안의 통증이 신음으로 날아와 머릿속을 후비는 듯했다. 병원 옥상에 응급 헬기를 대기시켜놓고 있다는 말도 들렸다.

드디어 간호사가 보호자를 병실 안으로 안내했다. 딸은 조그만 회복실 안에 홀로 덩그러니 누워 있었다. 링거 주사를 꽂고 검은색 평상복 차림으로 면벽한 채 옆으로 누워 있는 모양이 언뜻 황야에서 외롭게 뒹구는 커다란 고체로 보였다.

딸은 아비를 보자 울컥 울음을 터트렸다. 눈물도 연방 닦아냈다. 좀처럼 보이지 않던 여린 모습이었다. 떨리는 목소리로 "왜 그러니?"라면서 다독이는 아비와 대답을 삼키는 딸은 손을 비비고 이마를 마주 대며 체언으로 서로를 달랬다.

곧이어서 들어온 의사와 간호사는 수술이 잘되었다고 환자와 보호자를 위로했다. 다만, 최종적으로는 랩(Laboratory)에 의뢰한 병리검사 결과를 기다려 보자고 께름칙한 여운을 흘렸다. 며칠만 더 늦었으면 턱뼈가 완전히 손상돼 치명적이었을 것이라고 한다. 세균은 뇌로도 올라가 뇌 질환을 일으킬 수 있는 지경이었다. 다행히 낭떠러지 바로 앞에서 떼 지어 추격하는 병균의 총공세를 차단했으며, 곪은 살점과 감염된 뼈는 박박 긁어내고, 싹싹 깎아냈다. 남은 턱뼈에 상하좌우로 4개의 못을 박고, 큼지막한 금속 지지대를 턱 아래에 댔다. 헬기는 턱이 내려앉는 최악의 경우에 종합병원으로 급히 호송하려고 대비했던 것이다.

우리는 서로 기대며 비실비실, 아주 느리게 인근 약국으로 가서 처방된 항생제와 소염제를 사서 딸네 집으로 돌아왔다. 부녀는 영락없이 죽음의 늪을 빠져나온 동물 가족이었다. 집에 안착

한 딸에게서 깊은 한숨이 배어 나오고, 그 한숨을 감추는 시선 끝에는 비장함이 서려 있었다.

아비는 며칠 동안 밤잠을 설쳤다. 딸이 살아온 삶의 궤적이 자꾸 반추되었다. 어릴 때부터 역마살이 낀 부모를 따라 여기저기, 해외에도 두 나라씩이나 이주하면서 겪은 고초들이 주마간화(走馬看花)처럼 흘렀다. 아비의 삶이 들씌운 형극이었다는 생각에 미치자 가슴이 무지근하게 저렸다. 짜증 한번 옹골지게 냈더라도 이렇게 속이 쓰리지 않겠다 싶었다. 그 어리던 것이 학교에서, 사회에서 어떻게 시달리며 성장했을까, 하며 떠올린 고뇌의 편린 하나하나가 아리고도 귀하게 다가왔다.

무슨 정령이 씌워져 저리 외로운 성정을 갖게 됐을까? 상대를 배려하면서 참고 또 참으며 묵묵히 매진하는 삶의 원형질은 어느 여신이 던져준 광물질이고, 방향(芳香)일까? 동양 문화권에서일까, 서양 문화권에서일까? 아니면 두 문화에서 추출한 에스프리의 배합일까? 아마도 바다를 건너 옮겨가며 살면서 체득한 삶의 지혜일 터이고, 풍진 세상을 헤쳐가는 묘약일 것이다.

아비는 부끄럽다. 자식에게 살아가는 방법을 배워야 하겠다는 뉘우침이 어른거렸다. '그래, 아비보다 나아야지~. 그걸로 효도는 충분하다!'

오늘 아침 전화를 걸어온 딸의 목소리가 매우 밝고 상기돼 있었다.

"아빠, 저 이제 괜찮대요. 의사가 모든 게 다 잘됐대요. 랩의 검사 결과도 깨끗하고요. 저 정말 죽는 줄 알았어요, 아빠~. 오늘 다시 살아난 느낌이에요."

"아~, 그래? 오늘이 며칠이냐? 오늘이 내 딸의 새 생일이구나!"

2018. 10. 18.

4장

자연의 숨결

사막은 울고 있었다

— 남캘리포니아 로스앤젤레스에서 동쪽으로 시에라네바다산맥을 넘어가면 숨이 막힐 듯한 박토, 모하비사막이 널브러져 있다. 자동차로 몇 시간씩 달려도 끝이 안 보이는 방대한 황무지이다. 7만여 제곱킬로미터의 넓이이니 한반도의 1/3이나 되는 광활한 지역이다. 대륙으로 굽이굽이 뻗는 시에라네바다와 샌개브리엘, 샌버너디노 산맥으로 둘러싸인 이 거대한 사막은 캘리포니아와 애리조나, 네바다 세 주에 걸쳐 드넓게 펼쳐져 있다.

이 산간 분지는 대부분 모래와 자갈로 덮여 있는데, 고대에는 내해였으나 화산과 콜로라도강의 퇴적으로 오늘날과 같은 불모의 저지대와 편편한 계곡이 형성되었다. 까마득히 보이는 높은 산들은 대부분 자갈산이다. 사막의 가운데에는 소금 평원도 자리 잡고 있으며, 샌버너디노 산맥에서 발원한 모하비강은 지하로 흘러 헤스페리아와 빅터빌을 거쳐 멀리 소다호로 흐른다.

위쪽으로 뻗은 고속도로 15번으로 계속 달리면 라스베이거스에 이르고, 중간에 127번 하이웨이를 따라 북쪽으로 꺾으면 데스 밸리로 들어가며, 아래의 10번 고속도로는 조슈아트리 국립공원을 비켜 애리조나주로 치닫는다. 오아시스 같은 작은 도시들과 관광업소, 광산, 군사 기지들이 이따금 눈에 띈다.

온종일 사정없이 내리쬐는 땡볕은 맨발이 데일 정도로 지각을 달구고, 조금만 물기라도 있으면 살아보려고 솟았던 잡초들이 곳곳에 말라 죽어 있다. 여름에는 기온이 평균 섭씨 38도(화씨 100.4도)까지 올라 폭염을 내뿜고, 일교차가 커서 밤에는 영하 1도 내지 영하 10도까지 추워져 서리도 내리며, 매우 건조하고 강풍이 불기도 한다. 겨울에만 비가 내리는데, 강우량은 평균 127㎜ 정도에 그친다.

15번 고속도로에서 벗어나 127번 도로를 타고 북쪽으로 올라가다가 길가 아무 데나 멈춰 차에서 내렸다. 11월인데도 햇살이 따갑고, 대기 온도가 후끈하다. 황량한 벌판에 파란색은 온데간데없고 주검의 회색만이 사위에 깔려 있다. 작달막한 나뭇가지들도 바싹 마른 채 앙상하기 그지없다. 멀찍이 자갈 위로는 지열이 피우는 아지랑이가 어른거리고, 사방에서 죽음의 냄새가 더운 바람을 타고 풍겨온다. 태고의 체취일까?

황야의 손짓에 이끌려 더 깊이 걸어 들어갔다. 자세히 들여다보니 이 황량한 사막에도 생명력이 수없이 꿈틀거리고 있었다. 깡마른 줄기도 죽은 듯 연명하고 있었으며, 놀랍게도 앙증맞은 작은 꽃들도 가끔 보석인 양 깜짝 피어 있다. 선인장과의 식물이리라. 바위틈엔 벌레들도 기어 다니고, 다람쥐도 쫑긋거리다가 날쌔게 숨는다. 무얼 먹고 살고 있을까? 밤이슬일까? 저 멀리 기둥 모양의 조슈아트리도 우뚝 서 있다. 모든 게 신비스러워 적이나 놀라운 세상이다.

그중에서도 조슈아트리의 우람한 모습은 그 자체로도 어떤 강한 신호를 발산하고 있었다. 가시처럼 찌르는 땡볕, 뿌리까지 뻗어오는 건조한 살기, 한 모금의 물기마저 공중분해시켜버리는 광야에서 저토록 걸출한 자태로 서 있다니! 그것은 치열하고도 강인한 생명력의 기상이요, 꺾이지 않는 생물의 승전고이다. 발신자의 의도는 모르겠지만, 이 수신자가 느끼는 함의는 가위 폭탄급이다.

강렬한 전류가 온몸으로 흘렀다. 식은땀도 솟았다. 자연과, 지구와, 우주와 자신이 하나가 되는 듯한 환상에 사로잡혔다. 움츠러들고 움츠러들었다. 자신이 하나의 점이라고 할 정도로 작게 느껴졌다. 자괴감이 의식 속으로 깊이 파고들었다. 나는 누구인가? 이 치열한 존재의 바다 속에서 나는 무엇일까? 도대체 무얼 하면서 지금껏 살아왔단 말인가? 나에게서 모든 허울을 벗기고, 온갖 오염을 씻어내면 남는 것은 무엇일까? 한 점의 존재일 뿐이지 않은가?

인간이 만물의 영장이라고 한다. 다른 동식물보다 월등하므로 틀리지는 않는다. 두뇌를 고도로 발전시켰고, 엄청난 문화도 이룩했다. 그러나 여기 사막에 정박해 펼쳐져 있는 존재의 세계에서는 인간도 하나의 미미한 분자일 뿐이다. 탐욕과 허영, 사치, 계산, 싸움, 경쟁 같은 인간사들이 범접할 여지는 어디에도 없다. 모든 물체는 삶과 죽음의 경계로 나뉘어 있다. 죽은 자는 다시 살아나지 못하고, 산 자는 죽지 않으려고 고통스럽다. 누구든 이 사막에서는 한낱 미생물이지 싶었다.

가까운 모래와 자갈, 식물들에 손을 대보았다. 찌르르 감전이 되는 듯하다가 이내 따듯한 체온이 전해진다. 어떤 동질감이 틀림없다. 아마도 같은 본질, 같은 운명이라는 공감일 것이다. 안도감이 슬그머니 인다.

다시 차를 몰아 데스 밸리로 향했다. 날이 저물어 '죽음의 계곡' 안으로 들어가지 못하고 입구의 마을, 테코파에서 묵기로 했다. 주민들이 근근이 지탱하는 듯한 외딴 시골이다.

밤이 되자 달이 휘영청 밝아 천지를 밝힌다. 기온이 뚝 떨어지고 바람이 윙윙거리며 드세게 분다. 바람 소리와 함께 동물의 울음이 섞여 들린다. 밤이 이슥하게 깊어지면서 점점 더 가깝고 크게 들린다. 이리 떼가 몰려다니며 짖어 대고 있었다. 슬퍼서도 아닐 터이고, 기뻐서도 아닐 것이며, 그렇다고 신나는 놀이 소리도 아니다. 먹이를 찾아 이리저리 뛰어다니며 내지르는 아우성이다. 척박한 땅에서 살아가는 생물들이 부르짖는 포효이며 함성이다. 울음소리는 사막을 온통 뒤덮으며 깨운다. 마치 사막 전체가 울음 속에 잠겨 있는 듯하다. 달빛과 사막과 바람과 동식물이 어우러져 처연하게 울고 있었다.

2019. 11. 29.

산은 스스로 그러하다

— 겨울 산에 혼자 올랐다. 집 뒤 광교산 자락이다. 날씨가 춥고 저녁때라 인적이 끊기고, 새 소리나 벌레 소리조차 들리지 않아 적막하다. 산길과 나무들, 바위와 언덕은 여전히 그대로이지만 미동도 하지 않고 굳어 있다. 길손이 산을 이리저리 살피며 세세하게 관심을 주는 데도 온갖 사물들을 품은 자연은 그저 덤덤하다.

상수리나무와 떡갈나무 같은 삼나무들은 헐벗은 채 높이 뻗어 더욱 추워 보이고, 밤나무와 잡목들도 앙상한 가지들 끝에 마른 잎을 한두 개 매달고 찬 공기를 맞고 있다. 유독 소나무들은 상록의 침엽으로 색달리 눈길을 끌지만, 얼어버린 산의 냉기 속에 예외 없이 잔뜩 시려 보인다. 바닥에 떨어져 있는 낙엽들은 천편일률로 주검의 갈색을 띠고 수북이 널브러져 있고, 크고 작은 바위와 돌들은 언제나 견고한 모양 그대로이다. 따뜻한 계절에는 푸른 숲을 헤집고 다니며 기척을 내던 다람쥐나 청설모 등도 어디에 숨어 있는지 찾을 길이 없다.

이 길손은 홀로 산에 오르면 언제든 사물들과 대화를 나누려 한다. 이런저런 질문도 던지고, 스스로 답변도 만들어 받아 본다. 그 대화에는 세상사에서는 미치지 못할 단순함과 순수함이 늘 신선하다. 그러나 모두가 추위에 얼어 있는 이 겨울 산에서 무슨 이야기를 살갑게 주고받겠는가? 억지로 소통을 틀 수는 있겠지만 글쎄, 왠지 선뜻 대면 문답이 열리지 않는다. 그래도 위로의 말이나 던져 볼까? 그때 멀리서 까마귀 한 마리가 날며 토해내는 한 올의 울음이 고요한 산에 일필휘지 붓 갈기듯 가는 선을 그며 지나간다.

갑자기 산길 위쪽에서 부스럭 소리가 들린다. 고요했던 터라 신경이 바짝 곤두세워진다. 등산객 한 사람이 낙엽 밟는 소리를 내며 잰걸음으로 내려오고 있었다. 내 쪽에는 눈길도 주지 않고 의정 엉뚱한 곳을 바라보며 접근해 온다. 그는 가까이 와서도 못 본 척 스쳐 지나가려 한다. 이 산속에 그와 나 둘뿐인데 본체만체한다는 게 멋쩍다는 생각이 들어 미소를 머금고 인사를 던졌다. "안녕히 가세요"라는 외마디가 의외였는지 그는 멈칫하면서 "네"라고 급하게 응답하고 서둘러 내려간다. 조금은 두려움에 젖어 있는 듯한 그를 보내고 나니 호젓한 산길을 '나 홀로' 다니려면 담력을 키워야겠다는 느낌이 스친다.

13살 중학생 시절, 여름방학을 틈타 조부모를 뵈러 홀로 길을 나섰다. 대전역에서 기차를 탔는데, 연착되어 겨우 세 번째 정거장인 흑석역에 내리는데 무려 두 시간 반이나 걸렸다. 거기서부터 산을 넘고 개천을 건너 한 시간도 넘게 걸어야 했다. 벌써 날이 저물어 어둑어둑한 밤길이었다. 작은 고개를 하나 넘으니 산속에는 이미 캄캄한 어둠이 드리워졌다. 숲에서 부스럭 소리만

나도 소름이 돋았다.

더구나 초등학교에서 횡행하던 귀신 얘기들이 살아나 머릿속을 휘돌며 정신을 흔들어 놓았다. '달걀귀신이 굴러 나온다', '산발한 여자 귀신이 깔깔거리며 달려든다', '골짜기에서 몽달귀신이 자갈을 굴리며 나타난다', '아기귀신이 슬피 울며 돌무덤으로 잡아끈다' 등등 무시무시한 잡귀 민화들이다. 무서워서 뒤를 돌아보지도 못할 정도로 공포에 휩싸였고, 다리도 후들거렸다. 귀신이 머리카락을 잡아끄는 듯한 환각에 모골이 송연했고, 식은땀이 속옷을 흠뻑 적셨다. 할머니는 녹초가 되어 밤중에 찾아온 손자를 보고 혼비백산, 안쓰러워서 눈물을 글썽이셨다. 헛기침을 두어 번 뱉으신 할아버지는 담력을 키웠다며 긴 담뱃대에 불을 붙이셨다.

며칠 뒤 아침나절 다시 돌아온 그 길은 들판과 개울, 산으로 둘러싸여 더없이 아름다웠다. 들에는 파란 벼가 넓게 펼쳐져 마치 인상파 수채화 같았고, 개울물은 조잘거리며 유리알처럼 맑았으며, 산에는 건강한 나무들이 푸른 이파리들을 한껏 너르게 펼쳐내 가다가다 피어 있는 앙증맞은 산꽃들과 형형색색으로 조화를 이루고 있었다. 어디에도 귀신 같은 요물이 튀어나올 흉측한 소굴은 보이지 않았다. 자연은 스스로 건실하고 수려한데 그 안에서 인간이 스스로 두려워하고 적대시한 것이다.

자연이 인간들에게 꼭 우호적이지만은 않다. 홍수와 산사태는 가공스러우며, 태풍과 지진은 엄청난 재앙을 안긴다. 가뭄도 견디기 힘들고, 추위와 더위, 그리고 맹수의 사나움도 극복의 대상이다. 그런 재앙을 극복하려는 인류의 노력이 쌓여 문명이 되었고, 과학을 발전시키지 않았나?

꾸역꾸역 올라 용봉에 이르러서 갈림길을 만났고, 나무 벤치에 앉아서 잠시 숨을 돌리며 쉬었다. 정면으로 앞에는 군사시설이 있어서 막혀 있다. 군사시설의 철망에는 [진입 금지] 표지와 함께 사격장이므로 유탄을 주의하라는 푯말이 붙어 있다. 오른쪽은 형제봉과 손골성지 방향인데, 너무 멀어서 어둡게 되면 낭패이므로 왼쪽 조광조 묘지 쪽으로 하산길을 잡았다. 정암 조광조, 조선의 중기 중종 시대에 과격하게 개혁을 추진하다가 반대 세력의 저항에 희생된 인물의 묘소와 서원이다.

컴컴한 산길을 조심스럽게 내려와 뒤를 돌아보니 지나온 길이 이미 어둠 속에 들어가 있었다. 어둠은 나무들과 언덕을 잠식해 버리고 형체마저 가리고 있었다. 길손들이 다녀갔든 말든 시커먼 어둠은 무서움을 뿌리며 산을 덮어버리고 있는 것이다. 그러나 아침이 되면 그 큰 이불을 말끔히 걷어 세상은 다시 밝아질 것이다. 봄이 되면 새싹들이 일제히 돋아나고, 여름에는 녹음이 우거질 것이며, 가을에는 단풍이 현란한 풍경을 채색할 것이다. 산은 그렇게 자연의 조화에 순응할 것이고, 자연(自然) 또한 스스로 그러할 것이다.

2020. 1. 9.

가물거리는 신선들의 유희

— 1975년 8월, 전북 군산 고군산군도의 선유도는 고적하기가 이를 데 없었다. 인적은 드물고, 바다와 하늘, 섬들이 어우러져 전설에서 나올 법한 환상적인 풍광을 이루고 있었다. 신선들의 놀이터다웠다. 소나무들은 미풍에 살랑거리고, 갈매기들이 포물선을 그며 바다 위를 자유로이 날아다녔다. 밀가루처럼 곱고 뽀얀 모래밭은 발바닥을 포근히 감싸며 푹신거렸고, 파도는 오는 듯 가는 듯 낮게 몰려다녔다. 새벽의 삽상함과 낙조의 현란한 채색은 그야말로 경관의 원형질이었고, 인간의 발길이 닿지 않은 저 건너편의 청정한 세계였다.

교목 무리들은 해무의 너울을 벗어나와 짙푸르렀고, 눈부신 햇살이 바다 위에 쏟아져 파도를 타고 빤짝였다. 산과 바다 사이 바위에 달라붙은 이끼들은 철썩거리는 해수에 시달리며 이리저리 쓸렸고, 해가 서쪽으로 기울어 어둑어둑해지자 물 위를 떠돌던 새들이 어둠을 피해 산속으로 숨었다. 사위의 시야 어디에도 인간들이 오염시킨 물체들은 보이지 않았다. 긴긴 세월의 그런 섭리에는 인류의 손길이 하등 덧없을 터였다.

새댁 시절의 아내와 두 살 난 딸, 그리고 30대 중반의 나는 일주일 여름 휴가를 얻어 이른바 바캉스 여행을 떠나온 참이었다.

근근했던 주머니 사정에도 불구하고 우리는 세상을 모두 가슴에 품은 듯 더 바랄 게 없었다. 무엇보다 아내는 자연 속에 흩뿌려지는 딸의 재롱을 쫓으며 환희에 겨워 자지러졌다. 어린 생명은 너른 모래밭에서 엎어지고 일어나며 제멋대로 뛰어다녔다. 신비로운 생명의 율동이자 몸짓이었다.

딸과 함께 희열에 빠진 아내를 물끄러미 바라보며 나의 가슴은 일렁였다. 순간순간이 환희의 윤슬이었다. 세파에 시달리던 일상, 번뇌와 압박의 굴레에서 말끔히 벗어난 해맑은 영혼을 주무르는 음원이며, 춤사위였다. 그때의 순수했던 기쁨, 자유로웠던 영혼은 지워지지 않는 이미지로 각인돼 평생의 추억으로 남게 된다. 가슴의 한구석에 머물고 있는 순수의 심해, 파릇한 한 조각의 꿈으로 간직해온 것이다.

선유도가 바다 가운데 떠 있는 신비로운 나라라는 인상으로 내 기억에 생생했던 이유는 인간들의 탐욕에 오염되지 않고, 자연의 본질이 그대로 남아 있기 때문이었다. 배를 타고 한 시간 훨씬 넘게 출렁거리며 도착한 곳에는 선녀 형체의 섬 산이 티끌만큼도 꾸미지 않고 묵묵히 누워 있었고, 인간들이 머무는 시설들은 산 밑 귀퉁이에 작게 숨겨져 있었다. 해수욕장에는 서넛 가족들만이 띄엄띄엄 한가하게 노닐고 있었는데, 그 정도의 인적은 끊임없는 바닷바람과 파도가 깨끗이 정화해 주고도 남는 듯했다.

사람의 머릿속에 깊이 각인된 이미지는 현실 세계로 나와 어떤 형태로든 신선하게 구체화하기도 하고, 의식 속에 잠재해있으면서 정신세계에 영향을 미치기도 한다. 나에게는 선유도의 인상이 뇌리에 남아 있으면서 때때로 동경의 대상이 되기도 하고, 의식의 한 부분을 구성하기도 했다. 그 영향으로 사회생활에 권태를 느낄 때는 어느 한적한 바닷가나 깊은 산중의 목가적인 평화로움을 깊이 그리워했다. 누구나 체험해 보았을 현실 밖의 그림일 것이다. 헤밍웨이의 키웨스트 해변이나 소로우의 월든 호숫가, 고갱의 하이티 바닷가 등에 관해 읽을 때 자연히 선유도를 떠올리는 버릇이 생긴 것도 그 여행 덕이었다.

2019년 11월, 우리 부부는 미국에서 날아온 친구 부부와 미국과 인연이 깊은 다른 젊은 부부와 뭉쳐서 서해안을 훑었다. 바다의 숨결과 육지의 의연함을 유유히 체험하려는 계획이었다. 오래전의 추억을 확인하고 싶어서 선유도를 넣어 여행 코스를 잡았다. 여섯 명의 풍류객들을 태운 밴 트럭은 잘 닦인 도로 위를 부드럽게 달려 목적지에 정확히 내려주었다. 군산에서 서쪽으로 꺾어 들어가 새만금 방파제를 미끄러지듯 달린 다음, 부안으로 갈리는 신사도를 통과했다. 이어서 신설된 연륙교를 건넜고, 무녀도를 거쳐서 드디어 선유도에 진입했다. 나무랄 데 없이 편리하고 안락한 기행이었다. 밴 트럭은 선유항과 옥돌해수욕장을 뒤로하고 선유도해수욕장을 가로질러 모래밭 건너편 선유도리까지 달리는 데 거침이 없었다.

어쩌랴. 막상 그 편리함과 안락함 뒤에는 진한 아쉬움이 따라다녔다. 펜션들이 망주봉 중턱까지 들어섰고, 식당과 점포들도 주변에 촘촘히 늘어서서 바다의 경관은 40여 년 전 옛 모습이 아니었다. 차량들과 숙박시설들, 점포들, 그에 종사하는 종업원들, 그리고 부쩍 늘어난 관광객들이 몰려드는 선유도의 풍광은 이미 신선들이 노닐 순수 무구한 선경과는 많이 달라서 오랜 추억에는 적이 낯설었다.

사람들은 자연의 순수함과 싱그러움을 동경하면서도, 생계와 사업 목적으로 자연의 공간을 파고 들어간다. 생업과 기업활동을 제한하기도 어렵고, 자연에로의 회귀 본성도 버릴 수 없다. 이런 이율배반적인 모순의 해결에는 미적 세련성과 공동체의 계획성이 요체라는 생각이 그치지 않았다. 산과 바다를 자연의 수준에 수렴하는 미학적 세련성은 인간과 자연 간의 불협화음을 최소화해 줄 것이라는 상식에서 나온 바람이다.

일행의 옆에 비켜서서 한숨을 연거푸 내쉬는 아내의 시선은 아득히 멀리 보이는 수평선 위의 구름에 걸려 있었다.

2019. 11. 24.

운율에 녹아 있는 한국의 정서

— 새해 벽두 세종문화회관에서 열린 한국 가곡제는 한반도의 수려한 산과 강, 먼 바다, 그리고 바람과 구름 아래의 우리네 삶을 두루 불러들였다. 청산에 살리라고 노래했으며, 남쪽 바다를 추억했고, 금강산을 그리워했다. 리라꽃 향내와 고향을 절절히 그리는 향수, 시리도록 순수한 사랑도 피워냈다. 봉선화와 목련화, 동심초는 영원한 민요 아리랑의 곡조와 어우러져 생화보다도 더 아름다운 듯싶었다. 가슴에 묻혔던 깊은 정서를 흘려내는 선율을 타고 겨울밤은 그렇게 지친 마음을 위로하고 어루만졌으며, 풍류로 감싸주었다.

올해 한국 가곡의 밤은 더욱 뜻깊은 향연이었다. 한국 가곡이 김형준 작사, 홍난파 작곡의 〈봉선화〉가 그 첫 모습을 보인 지 100주년을 맞았기 때문이다. 홍난파의 곡이 1920년에 '애수(哀愁)'라는 악보로 선을 보였고, 이웃에 살던 김형준이 뒤에 가사를 붙여 넣었다. 1922년에는 박태준이 〈동무 생각〉을 〈사우(思友)〉라는 제목으로 작곡해 이은상의 가사를 받아 붙였다. 창가(唱歌) 시대를 거쳐 본격적으로 한국 고유의 가곡이 큰 걸음을 내디딘 발원이었다. 그리하여 가곡은 한국적인 산하(山河)와 감성을 토양으로 쑥쑥 자라서 애창됐고, 한국인들은 그 가곡에 실린 감흥에 젖어 울며, 웃으며 고달픈 삶을 달랬다.

공자는 순(舜)임금의 음악 '소(韶-중국의 고대 악곡)'에 취해 석 달 동안 고기 맛(음식 맛)을 잊고, "음악을 하는 것이 이런 경지에 이를 줄은 몰랐다"라고 술회했다는 일화가 전해진다. 공자는 음악이 사람의 마음을 하나로 모으고, 마음을 밝고도 순수하게 하며, 조화롭게 한다고 역설했다. 2천5백여 년 전에 동양문화와 사회규범을 설계한 성인(聖人)은 그때 벌써 음악의 예술성과 힘을 선명하게 갈파했던 것이다. 그만큼 음악은 인간의 감정을 휘어잡는 절묘한 문화적 도구이자 반려이다.

가곡이 한국인의 깊은 마음 밭을 그토록 흔들어 놓는 요인은 무엇인가? 외국 가곡도 감흥을 크게 일으키는 명곡들이 많지만, 한국 가곡이 우리에게 더 친숙하고도 공감을 주는 이유는 의식 속에 공통적으로 내재해 있는 한국적인 것, 민족혼과 민족얼 때문일 것이다.

노랫말에는 우리의 역사와 문화에서 숨 쉬고 있는 독특한 한(恨)과 그리움, 희원(希願) 같은 감성이 여기저기 드리워져 향기를 풍긴다. 이은상의 〈가고파〉에서 "그 물새 그 동무들 고향에 다 있는데~"라든가 정지용의 〈향수〉에서 "넓은 들 동쪽 끝으로 옛이야기 지줄대는 실개천이 휘돌아 나가고~"라는 가사는 얼마나 한국적인 표현인가? 김형준의 〈봉선화〉에서 "울밑에 선 봉선화야, 북풍한설 찬 바람에 네 형체가 없어져도~"라든가, 이은상의 〈동무 생각〉에서 "청라언덕과 같은 내 맘에 백합 같은 내 동무야~"도 우리의 심금을 지극하게 울리는 서정시적 묘사이다. 장일남의 〈비목〉과 윤해영의 〈선구자〉, 김동환의 〈봄이 오면〉, 이은상의 〈봄 처녀〉, 정인섭의 〈산들바람〉, 김팔봉의 〈그네〉, 함호영의 〈사공의 노래〉, 경기 민요 〈박연폭포〉, 김남조의 〈그대 있음에〉 등등의 주옥같은 가곡들도 굽이굽이 한국적 삶을 상징하는 대목들을 유려하게 묘사하고 있다.

한국적인 정서로 꽃핀 가곡은 거꾸로 한국인의 정서에 다시 흐르고, 파고들어 심상을 맑게 하고, 어루만져 주고, 행복하게 해주었다. 영-미풍과 대륙풍의 가곡 형식을 도입해 성장한 한국 가곡은 서구화의 물결을 타고 보편화를 체화하고, 학교 교육을 통해 일반화되어 교양을 높이고 품성을 함양하는 데에 크게 기여하게 된다.

시적으로 고양된 가사는 고도로 수련한 음악인들의 비단 같거나 우렁찬 발성법에 올라타 아름다운 춤사위처럼 고고하고 찬연하게 가창되어 애청자들을 예술의 경지에까지 이끌어 준다. 정교하고도 신비로운 음악의 극치는 듣는 이를 황홀경에 이르게 하지 않는가!

한국 가곡은 음악적으로 서구적 작풍을 도입하기는 했지만, 선율 속에 고유의 리듬과 음의 가락이 면면히 살아 있다. 한국인 작곡가들이 모국의 전통적인 잠재 음원에 젖어 부지불식간에 채굴하고, 융화한 게 아닐까? 그런 다음 작곡된 가곡을 통해 그 음악을 한국인의 잠재 음원에 다시 심어 놓지는 않았을까? 작곡자와 연주자는 한국의 정서를 정밀하게 뽑아내고 재생해 노래 부르고, 애청자는 그 노래를 통해 한국의 정서에 깊이 공감하고 황홀경을 느끼리라.

홍난파의 〈금강에 살으리랏다〉와 〈봄 처녀〉, 〈성불사의 밤〉 등은 오랜 세월 자라는 청소년들의 잊을 수 없는 멜로디였으며, 현제명의 〈산들바람〉, 〈희망의 나라로〉도 기회 있으면 흥얼거리거나 신나게 부르던 리듬이었다. 채동선의 〈그리워〉와 〈추억〉, 이흥렬의 〈봄이 오면〉, 〈고향 그리워〉, 〈코스모스를 노래함〉, 조두남의 〈청산별곡〉, 김성태의 〈동심초〉, 〈산유화〉, 김순애의 〈그대 있음에〉, 〈모란이 피기까지는〉, 〈네잎 클로버〉 등등도 한국의 심성과 자연에서 추출된 미학을 음악으로 승화한 걸작들이다.

음악을 좋아하는 한국인들에게 가곡은 소중한 자산이고 위로이며, 즐거움의 샘이다. 음악이 있는 곳에 흥이 일고, 음악을 옆에 두고 살면 행복해진다. 더구나 대중가요와 달리 가곡은 한층 더 품위가 있고 깊이를 느끼게 하는 화음이다.

시대정신과 시류를 외면하는 예술은 뒤처지기 마련이다. 가곡도 급변하고 있는 산업사회와 대중사회의 발전 속도에 적절하게 순응하는 것이 바람직하다. 요즈음 가곡의 작곡 성향이 더 현대적인 화성과 선율 수법을 추구하고 있음은 다행이다. 시대의 도도한 흐름을 함께하되 문화적인 자긍심과 유구한 정서를 바탕에 살려 가슴 뭉클한 가곡들이 속속 창작되면 한국 문화의 꽃이 될 것이다.

음악회가 끝나 집으로 돌아오는 세종로 밤거리에까지 우리 가곡의 선율이 귓가에 쟁쟁하게 울려왔다. 익숙한 음원, 유아 적에 어머니가 불러주던 자장가의 재생일까, 강산에 흐르던 풍월의 자락일까, 신선들이 몰고 다닌 바람 소리일까?

2020. 1. 20.

5장

아득한 인연들

통증이 불러온 자몽한 파토스

— 느닷없이 들이닥친 통증으로 몸과 정신이 거의 황폐화할 지경이었다. 등은 쑤시고, 어깨는 찢어질 것 같아 좌우로 돌릴 수조차 없었으며, 걸을 때는 팔뚝이 빠개지는 듯이 아팠다. 자연히 몸 전체가 정상이 아니어서 생활도 영락없는 자폐증상을 보였다. 아픈 부위를 문지르고 늘여봐도 어림도 없었고, 파스(Plaster)를 붙여봐도, 더운 물과 수건으로 데워봐도 전혀 차도가 없었다. 의식은 몽롱했고, 오로지 아픔의 골짜기로만 끌려들어 갔다. 그에 따라 일상은 속절없이 무너졌다.

통증 전문병원으로 달려가 증상을 설명하자 의사는 대뜸 '목디스크'라는 진단을 내렸다. "등과 어깨, 팔뚝이 아픈데~"라면서 바라보자 의사는 시답지 않은 표정으로 X-Ray 촬영요청서를 내밀었다. 영상에 나타난 결과는 의사의 진단 그대로였다.

"이 사진의 아래쪽 7번 경추에 디스크 탈출이 심하고, 6번과 7번 사이에도 협착이 보이네요."

"수술해야 합니까?"

"인체가 자생력이 강해서 물리치료를 받고, 약을 먹으면서 근육보강 운동을 꾸준히 하면 통증이 자연히 소멸되는 경우가 흔합니다. 수술보다는 내시경으로 시술할 수도 있지만, 우선 치료를 받아보시고 정 안 되겠으면 그때 다시 상의하죠. 목을 구부리는 컴퓨터와 휴대폰 사용은 자제해야 합니다."

참기 힘든데 완치의 기약도 없는 약과 물리치료를 권고하는 의사의 처방은 답답했다. 그러나 영상까지 제시하는 전문가의 소견에 어깃장을 놓을 계제는 아니었다. 의사의 지시를 따라 소정의 치료를 받은 뒤에도 통증은 별로 나아지지 않았다. 수학 문제 풀듯이 단번에 낫겠느냐고 스스로 위로하며 하릴없이 병원을 나왔다.

축 늘어진 채 뒤뚱거리며 귀갓길을 걷는 모습이 자신이 느끼기에도 무기력하기 짝이 없었다. 온 신경이 탈 난 데로 쏠려서 제대로 걸을 수가 없기 때문이었다. 예전에 키우던 애완견이 발을 심하게 다쳐 신음하며 절룩거리던 기억이 떠올랐다.

집에 돌아와 의자에 앉자 고약한 자각증세가 밀려왔다. 완연한 자아(自我)의 상실이었다. 시계(視界)의 사물들도 그냥 사물일 뿐이고, 거기에 내포된 의미는 멀리 가물거렸다. 사회적 관계의 얼개도 거미줄처럼 가늘게 느껴지고, 나이 들며 가까이 지내자던 심사숙고와 사색은 얼씬도 하지 않았다. 동물의 세계와 무엇이 다르랴.

컴퓨터와 SNS를 삼가라는 의사의 지시가 자몽한 의식 속에서 무자맥질을 해댔다. 디지털 시대에서 아날로그 시대로 돌아가라는 규제이자 태형이지 않은가? 실제로 인터넷에 몰두하다 보면 통증이 더 심해졌다. 날로 발전하는 IT 세상에서 대세를 거스르면 지능과 사회활동의 위축이 적지 않을 것이다. 대면 외에는 문자로 통신하고, 기록하며, 소통의 장(場)을 이루는 시대이다. 십여 개의 단체 카톡방, 페이스북, 개별 SNS 등으로 줄잡아 500여 명과 하루에도 수시로 교신하거나 공유하지 않는가? 생애를 통해 형성된 인격체는 급격히 오므라들 것이고, 오지랖도 좁아져 한낱 지푸라기 신세로 전락할지 모른다.

그러려니 하며 매양 무심했던 피붙이와 친지, 오래된 인간관계, 그에 엉겨 있는 정의(情誼)의 파토스가 또렷하게 다가왔다. 관계가 빠진 삶은 얼마나 삭막할까? 시작은 우연이었지만 나중에는 운명이 돼버린 관계들, 그에 얽힌 사상(事象)과 정(情), 그런 소중함을 더 가까이 당겨오지 못한 후회가 따가웠다. 바쁘거나 나태해서 자신의 일부에게 너무 소원(疏遠)했다는 뉘우침이 한숨으로 뿜어져 나와 집 안에 퍼졌다.

그전에도 몇 번 비슷한 감정에 휩싸인 적이 있다. 군에 입대할 때와 대형 교통사고를 당했을 때, 그 외에도 몇 차례 생사의 갈림에 노출되었을 때 '불행한 일이라도 당한다면 주위의 가까운 사람들이 어떻게 견뎌낼까' 하는 애절한 심리가 엄습했었다. 그 실체 없는 악령이 다시 어른거리고 있었다.

쇠꼬챙이로 심신을 찌르는 듯한 고통은 석 달이나 이어졌다. 마침 코로나19의 포비아가 중국과 한국, 이탈리아 등 유럽을 차례로 초토화하고, 미국까지 덮치던 시기였다. 온 세계가 눈에 띄지도 않는 작은 미생물로 발작을 일으키고 있는 동안 개인적으로는 또 하나의 병고에 시달리고 있었던 것이다. 통증도 바이러스처럼 가시적이지 않아 다루기가 여간 힘든 게 아니고, 믿고 부리던 두 손으로도 관리할 방법이 아득한 난공불락의 적진이었다.

그 와중에 한 줄기 아우라의 환상이 백야 같은 낙심 위에 번득였다.

'밀턴은 실명한 지 7년이나 지나서 불후의 『실낙원』을 펴냈고, 베토벤은 32세에 음악인으로서 결정적 악재인 귀머거리가 된 뒤에도 불세출의 악성(樂聖) 반열에 오르지 않았는가? 도스토옙스키는 사형장에서 극적으로 풀려나 시베리아에 유배되어 4년 동안 한계 상황의 중노동을 겪은 뒤 명불허전의 명작들을 남겼다. 헬렌 켈러는 생후 19달 만에 눈과 귀, 말문이 모두 닫혔는데도 87세까지 끊임없는 활동으로 인류에게 불굴의 희망을 선사했다. 상이용사들은 수족을 잃고도 생명을 감사하며 살아간다. 이까짓 고통에 스러지고 말 것인가?'

만류하는 아픔을 제치고 책상 앞에 앉았다. 가만히, 그리고 부드럽게 컴퓨터를 여니 그리웠던 나, 나의 세계가 반겼고, 자연히 그 늪에 깊이 빠져들어 갔다. 통증이 으르렁대는 밤을 지새워 동틀 때까지 금기의 바다에서 노닐었으니 자신도 알고도 모를 결기였다. 아픔이 의지를 약하게 할 수는 있어도 의지를 꺾을 수는 없는 모양이다.

새벽녘에 서너 시간 눈을 붙인 뒤 집을 나섰다. 인근 공원에 나가 몸도 풀고, 팔 돌리기와 거꾸로 눕기, 철봉 등에 매달려볼 참이다. 내친김에 한방병원에서 침과 물리 치료도 더 받을 것이며,

통증병원의 의사도 찾아 다시 상의할 것이다. 코로나 사태로 인한 재택근무와 자가 체류의 사회-문화적 변주를 무릅쓴 모처럼의 병원행이다.

코로나19의 공포는 의료진의 악전고투에도 여전히 으스스하다. 그러나 겁에 질려 있으면 더 위축되니 단단히 무장하고 나갈 것이다. 질병은 스스로 이겨내려는 자에게 약해질 것이므로~. 통증이 다져준 인내와 의지였다.

2020. 3. 31.

고마워, 꽃망울

— 한국전쟁이 마을을 앙칼지게 할퀴고 간 뒤였다. 아직도 그 상처에는 핏자국이 다 마르지 않았고, 군데군데 고름이 끼어 욱신거리는 시절이었다. 난데없이 반동분자로 몰려 학살당한 향리 유지들의 유가족들, 그 앙갚음으로 처절하게 짓밟힌 좌익들의 눈빛에는 증오와 살기가 날카로워 섬뜩했다. 광은 텅텅 비어 있었고, 헛간에는 전쟁통에 망가진 살림들이 나뒹굴었다. 이슥한 밤 호롱불 아래서나 동네 우물가, 개울가 빨래터에서는 불안한 세상 걱정과 한숨이 무시로 스멀거렸다. 폭우가 한바탕 훑고 가면 개울은 흙탕물로 범람했고, 강아지들은 깡마른 채 을씨년스러운 고샅을 어슬렁거렸다.

그 와중에 피폐한 강산 한쪽에서는 어느새 새로운 기운이 움트고 있었다. 낙담과 두려움, 원망의 끝자락에서 생존과 희망의 푸른 싹이 일제히 돋아나고 있었던 것이다. 마을에서 동남쪽으로 밭 대여섯 마지기 떨어진 편평한 뜰이었다. 갖은 푸성귀를 재배하는 채소밭을 가로질러 한달음에 이르면 탱자나무 울타리 가운데로 커다란 정문이 의젓하고, 우람한 은행나무와 소나무, 플라타너스가 쭉 둘러 있는 운동장이 널찍했다. 그곳이 우리 어린이들의 천국, 초등학교(옛 국민학교)였고, 새싹들이 서로 부딪치며 쑥쑥 자라는 목축지였다.

세상이야 어찌 되어가든 우리는 그곳에 가면 신바람이 났다. 거기에는 친구들이 있었고, 놀이가 있었고, 재미가 있었고, 때로는 소소한 다툼으로 긴장도 감돌았다. 신지식이 있었고, 새롭게 살아가는 방법이 있었고, 청운의 꿈이 몽실몽실 피어났다. '가시나'들은 사슴 떼처럼 쫑긋거리며 몰려다녔고, 사내아이들은 맨땅에서 뒹굴며 억세게 길들여졌다. 운동장에 풀어진 아이들은 목청껏 소리 지르며 그들의 세상이 오고 있음을 암시했고, 그 환호와 비명들은 함성으로 모여 멀리멀리 퍼져 나갔다. 전쟁이 몰고 온 공포와 완고한 전통사회의 굴레를 벗어나는 홀가분함도 거기에서는 누릴 수 있었다. 우리는 반상(班常)을 가리지 않고 살갗을 비비며 친구가 됐고, 좌우익도 곰파지 않았다. 사내들은 여성의, '가시나'들은 남성의 다른 성을 엿보느라 눈망울을 바쁘게 굴렸다.

어린 사슴의 사향이 봄바람에 풍겨왔던 것일까? 움츠렸던 심장이 모처럼 울렁거렸다. 맨드리 단정한 동급 여학생의 해맑은 눈빛이 파릇한 한 남학생의 언저리를 줄곧 맴돌았기 때문이었다. 아침에 등교할 때나 또래들과 어울려 하교할 때, 교내의 무슨 시합이 벌어질 때 어김없이 사슴의 곁눈질이 나에게 꽂혔다가 재빨리 달아나곤 했다. 부끄럽기도 했겠지만, 수군거림에 걸릴세라 잽싸게 도망쳤을 것이다.

얼굴을 빨갛게 붉히는 청순한 수줍음이었다. 자운영 붉게 널려 있는 들판 길에서 미풍에 실린 시선을 얼른 걷어갔고, 발목까지 빠지는 설원의 뽀드득 눈길에서도 뽀얗고 볼그스레한 볼에 비친 미소를 감추었다. 수줍음은 이쪽도 마찬가지였다. 똑바로 바라볼 수가 없었다. 그리하여 우리는 한 번도 얼굴을 맞대고 멋쩍게라도 눈빛을 섞은 적이 없고, 이름 한번 다정하게 불러보지 못했다. 그저 첫사랑도 아니고, 그렇다고 우정만도 아닌 그 중간에서 서성이며 기억 속에 서로의 영상을 꼭꼭 담기만 했던 것이다.

세월이 흘러 졸업을 맞았고, '빛나는 졸업장'을 말아 들고 노래 부른 송별회를 끝으로 우리는 헤어졌다. 눈물범벅이 된 졸업식에서 그 아이는 내내 고개를 떨구고 울었고, 나는 먼발치로 비껴가 만만한 앞산을 바라보며 눈을 연신 깜박거렸다.

꽃망울의 추억은 미리 내 가슴에 들어와 자리하고 있었다. 어릴 적에 조부를 따라 대전 근교 진잠의 친척 댁에 다녀온 일이 있다. 낙락장송에 둘러싸인 제법 큰 연못과 두 개의 솟을대문, 넓은 화단, 그리고 행랑과 사랑, 안채, 뒤곁의 사당까지 늘어선 고택이었다. 그 댁에서 하루를 묵고 귀가할 때 그 댁 어른께서 "화초를 좋아하는구나" 하시면서 화단에서 잘 키운 작약 한 그루를 뽑아 나에게 선사하셨다.

그 소담한 꽃나무를 애지중지 보듬고 돌아와 집 안의 뜰에 정성 들여 심었다. 아뿔싸! 입양한 함박꽃은 그날 저녁부터 생기를 잃고 축축 늘어져 버렸다. 지성이면 감천일까? 어머니의 도움을 받아 극진한 공을 들인 효험이 있었는지 며칠 사이에 화초는 다시 원기를 되찾아 꼿꼿하게 일어났다. 어느 날에는 놀랍게도 작은 몽우리들까지 몽실몽실 빚어내 놓는 게 아닌가. 급기야 내면의 진홍색 비밀을 빠끔히 열어 보일 즈음에는 화려한 개화를 기다리며 희열까지 느끼게 되었다.

그해 6월 25일 공포의 전쟁이 터졌다. 세상이 온통 혼비백산의 혼돈에서 허우적댔고, 우리 가족도 서둘러 피란길에 올랐다. 생사의 절박함 앞에서는 모든 것이 짐이었고, 작약도 물론, 경황 중에 작별의 눈인사마저 나누지 못한 채 꽃밭에 남겨졌다.

계절이 흐르고 전황이 바뀌었다. 우리는 국군의 수복을 따라 꿈길 같은 귀갓길에 올랐다. 돌아와 보니 집은 대지와 골격만 성할 뿐 온기와 생기는 찢긴 벽지에 붙어 너덜거리고 있었다. 피란지에서도 가끔 생각나던 함박꽃도 말라버린 채 땅 위에 널브러져 있었다. 선혈처럼 붉었을 꽃잎은 흔적조차 보이지 않고, 이파리도, 줄기도 말라 땅 위에 스러져 있었다. 꽃의 정교한 조형과 색감, 주위와의 자연스러운 조화를 따를 형질이 없다. 그러나 꽃의 아름다움을 빚어내기 위한 몽우리의 가려진 열정 또한 어찌 가볍게 여길 수 있는가? 내면으로 품은 희원과 열망, 그 치열한 정진은 꽃보다 더 조밀한 함축이지 않은가.

사라진 함박꽃을 다시 만날 수 없었듯이 예의 초등학교 동기 여학생을 해후하지 못했다. 중학생 시절 어느 날 우리 집 근처 골목에 접어들었을 때 어딘지 익숙한 한 여학생이 고개를 푹 숙이고 옆으로 스쳐 갔다. 큰 도시로 이사 온 나를 수소문해서 찾아내 주변을 배회하다가 정작 마주치자 고개를 숙이고 지나가 버렸고, 내가 불러주기를 바랐을 것이라는 추리에 이르는 데는 오래 걸리지 않았다.

그래도 뒤를 좇아가지 못한 수줍음, 우리의 수줍음은 어디에서 왔을까? 아마도 상대를 경외하는 태도와 사회의 가치와 질서를 존중하는 윤리의식, 자신을 낮추는 겸손에서 나오지 않았을까? 그 수줍음이 우리를 자유롭게 했다. 만일 우리가 어릴 적에 고적한 둑길에서 조숙한 만남이라도 이어갔다면, 키 큰 밀밭으로 들어가 비릿한 포옹이라도 감행했다면 그 뒤에는 필경 어떤 멍에를 지고 살았을지 알 수 없다.

게으른 일요일 아침, 창가에 앉아 멀리 푸른 하늘을 응시한다. 이따금 흰 구름이 지나가며 부드럽게 손짓하고, 소슬바람에 가로수 가지들이 산들거린다. 나는 어느새 상념의 끈에 이끌려 싱그러운 고향, 그 찬연한 기억 속으로 여행을 떠난다. 소박한 인성들이 곡채(穀菜)의 씨를 뿌리고, 그 결실로 소찬을 장만하는 그윽한 풍경이 생생하고, 삶의 기쁨과 아픔, 위안을 서로 나누는 정경이 다사롭다. 수줍어했던 초등학교 동기 여학생의 청아한 미소도 필름처럼 흐른다.

그 미소의 배음은 무엇일까? 날로 피폐해지는 인간성을 배양할 내면의 향기와 품격은 무엇일까?

2019. 8. 1.

친구는 누구인가

— 아내가 친구의 중환에 몹시 상심해 있다. 폐의 일부를 절제하고 항암제를 투약했는데도 병세가 악화돼 요양병원에 들어간 뒤로는 더욱 심란해하고 있다. 친구들과 함께 병문안을 가기도 하고, 친구가 좋아하는 카스텔라와 총각김치 등을 싸 들고 불쑥 달려가 온종일을 보내고 온다. 강추위에도 차로 두 시간 넘게 달려야 하는 먼 시골길을 마다하지 않고 다녀오는데, 다녀와서는 소침해져서 입을 굳게 다물고 안쓰러움을 내면으로 감추려 한다.

아내의 친구는 기독교 목회자인 남편을 따라 해외와 남쪽 바닷가 오지에서 평생 봉사활동을 펴온 외로운 사슴이다. 어떤 면에서도 남부럽지 않은 학식과 인품을 갖추고도 내로라하는 생활을 한 번도 누려보지 않은 분이어서 더욱 안타까운지 모르겠다. SNS를 통해서 나누었다는 친구들 간의 대화는 따듯하고 간절해서 듣는 이를 숙연케 한다. 이따금 병세의 악화와 신체의 퇴화, 고통스러움을 전화로 나누는 아내와의 대화를 곁에서 들으면 그 안타까움이 전염돼온다.

친구는 무엇인가? 살아가는 기쁨과 슬픔을 함께 나누는 사이가 친구이고, 그 공유의 깊이가 우정의 무게일 것이다. 우연히 서너 번 만났던 사람, 가끔 조우하는 이웃, 어떤 일로 엮인 이들을 친구라고 호칭하는 경우를 자주 보고, 친구라는 인연을 어떤 목적으로 이용하는 일도 종종 일어난다. 그런 관계를 친구라고 하기에는 속이 보이는 일이다. 최소한 친구의 기쁜 일에 환호하고, 친구의 불행에 가슴 아파하는 그런 심지가 우정이고 벗이다.

영국 속담에 '친구와 포도주는 오랠수록 좋다'라는 말이 멀리 전해져 내려온다. 오래 사귈수록 정이 깊이 든다는 뜻이리라. 미국 시인 에머슨도 '오랜 친구는 바보짓을 해도 괜찮은 사이다'라고 표현했다. 오랜 우정은 친구의 약점까지 감싸주어야 한다는 의미이다. 셰익스피어도 '친구라면 친구의 약점을 참고 견뎌야 한다'라고 썼다. 오래됐다고 우정이 반드시 숙성된다는 것은 아니고, 짧은 시일로도 의기가 투합하면 가까워질 수 있지만, 대개 세월의 흐름을 겪으며 고운 정 미운 정이 들어 정의 밀도가 진해짐을 말할 것이다.

중국 춘추전국시대의 고사 '관포지교'처럼 결정적일 때도 친구의 결점과 실수를 덮어주고, 어려움에서 구해주면 우정은 더할 나위 없이 깊어질 것이다. 생사가 갈리는 정쟁에서 관중이 중죄인이 되었을 때 포수아가 구해주어 나중에 정승에까지 올랐고, 관중도 어릴 적부터 포수아를 나락에 떨어질 뻔한 곤궁에서 여러 번 건져주었다. 이들은 '어버이는 자기를 낳아주었지만 자신을 알아준 사람은 친구이다'라는 말을 후대에 남겼다.

조선조에서도 오성과 한음, 이순신과 류성룡 사이의 우정은 인구에 회자될 만큼 귀감이 돼왔다. 조선조 중기에 시대를 섭렵한 인물들인 송시열과 허목은 벗이었지만 정치적으로 갈라져 으르렁거릴 때, 송시열이 허목의 약 처방을 의심 없이 복용했다는 일화는 색다른 우정의 일화로 전해진다.

나이가 지긋하니 가까웠던 친구들이 하나씩 유명을 달리한다. 최근에도 중고등학교와 대학까지 같이 다닌 오랜 벗들을 몇몇 잃었다. 우리나라 광고계를 개척했던 한량, 법조계에 족적을 남긴 호남형, 상공계의 고위직을 지낸 고고한 관리형, 그들은 그런 인상을 남기고 홀홀히 사라졌다. 모두 중병에 걸려 힘겹게 투병하다가 영면했다. 영결한 뒤에는 어김없이 생전에 왜 더 가깝게 옆에 있어 주지 못했는가 하는 회오가 뭉근하게 저며온다. 오랫동안 교우한 우정을 얼떨결에 놓아버리고 말았다는 속 쓰림이다.

진정한 친구는 어려움에 부딪혔을 때 알아본다고 한다. 시성 이태백은 "고난과 불행이 찾아올 때 비로소 친구가 친구임을 안다"라고 읊었고, 철인 아리스토텔레스는 "불행은 진정한 친구인지를 가려준다"라고 일러주었다. 동서양을 막론하고 자기의 입장이나 이해를 무릅쓰고 친구를 지켜야 고귀한 우정이라고 평가하고 있는 것이다. 깊은 공감을 주는 명언들이다.

시대가 생활 패턴을 바꾸어놓자 친구를 찾는 양상도 많이 바뀌었다. 이런저런 일로 여유가 없어진 현대인의 생활은 벗을 챙기는 여유가 급격히 떨어졌다. 이따금 모임에 함께 참석해서 만나게 될 뿐, 이해가 얽힌 직장이나 일과 관련한 관계의 접촉이 더 잦아지는 게 현실이다. 그러다가 그들과 정이 들면 그도 추억을 공유하는 친구가 될 것이다.

우정은 역시 마음속 깊은 데에 쌓인 오래된 더께가 제맛을 우려내며, 그 맛이 진국이다. 그래서 나이가 든 이들은 옛 친구들과 떼 몰려 다니며 마음속 옹심이를 풀어내 놓는다. 어떤 인연으로 맺어졌든 우정에는 삿된 의도가 끼어들어서는 안 되며, 머리를 굴리는 계산이야말로 우정에의 독이라는 이치는 누구나 느낄 것이다.

오늘도 아내는 멀리 진천에서 요양하는 친구를 떠올리는 모양이다. 침묵의 그림자가 하릴없이 거실과 부엌을 오락가락한다. 아내가 투병하는 친구에게 기울이는 배려는 항용 온기를 띠고 있다. 이 찬 겨울에도 집안에 알게 모르게 훈훈한 기운도 스미게 한다. 작은 일이지만 진실하고, 소중하게 여겨진다.

2020. 1. 5.

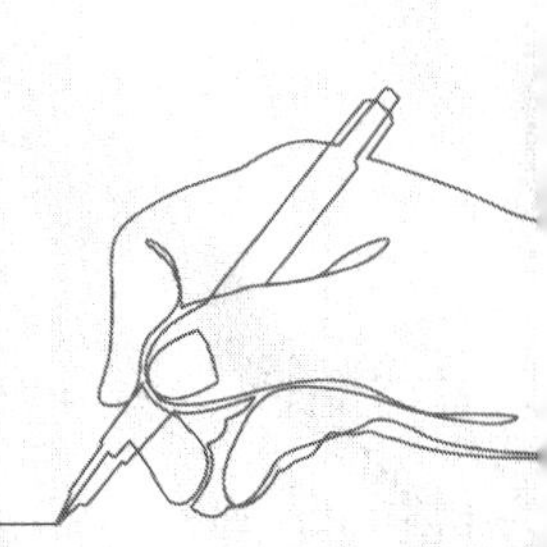

6장

진통은 가시지 않고

노라 헬메르의 회오 -21세기 버전-

따가운 햇살로 세상을 익히던 태양은 저녁이 되자 도시의 서쪽 뒤로 꼴깍 넘어갔다. 비단 질감의 노을도 흐릿해져 영롱했던 빛을 차츰 잃어가고 있었다. 남캘리포니아의 세리토스시, 도심의 단아한 커뮤니티 공간인 '우정의 공원(Friendship Park)'의 고적한 여름밤이 어둠의 악령에 침식되는 중이었다.

노라 헬메르는 하루 일과에 지친 몸을 이끌고 인근 공원에 산책을 나와 나무 벤치에 앉아 있었다. 군데군데 서 있는 키 큰 나무들이 가로등 불빛으로 그림자를 늘어뜨려 얼룩을 그리고, 푸르스름한 잔디밭 위를 검은 고양이 한 마리가 어슬렁거리고 있었다. 노라는 벤치의 나무가 차츰 딱딱하게 느껴지자 육신의 퇴행과 세월의 흐름을 헤아리며 애틋한 감상에 빠져들었다.

"'인형의 집'에 남아 있던 남편 토크발트는 지금 어떤 모습일까? 돌이켜 보면 그 남자를 끔찍이도 사랑했었는데." 노라는 사경을 헤매던 그를 간호할 때 차라리 자신이 대신 아플 수는 없을까를 되뇌며 가슴을 졸였던 젊은 날이 떠올랐다. 치 떨리는 고뇌 속에서도 빚쟁이 크로그스타의 차용 증서를 끝까지 감춘 결기, 그가 승진했을 때 몸이 붕붕 뜨는 듯 흥분했던 환희도 생생했다. 헤어질 때 "안 돼 안 돼"라고 외치던 절규, "이제는 달라질 수 있다"라는 읍소, 편지라도 나누자는 호소를 모질게 뿌리쳤던 그날을 또렷하게 회고했다.

노라는 깊은 한숨을 몰아쉬었다. '아이들은 어떻게 됐을까, 어린 철부지들이 얼마나 고통스러웠을까? 그 아이들이 무슨 죄가 있다고'라는 생각에 미치자 통증의 덩어리가 심장을 짓이기는 듯 가슴이 아팠다. 노라는 괴로움을 못 이겨 숙였던 머리를 곧추세우며 자리에서 벌떡 일어났다. 그녀가 갑자기 움직이자 긴 스커트가 바람에 크게 펄럭였다.

노라가 인형의 집을 박차고 나올 때도 스커트는 바람에 휘날렸다. 그 바람은 노라가 집 앞 골목을 빠져나가 도시를 휘두르고는 산과 바다를 나다니면서 강풍으로 변했다. 덴마크를 휩쓸고, 영국을 강타했으며, 유럽과 남·북미주, 그리고 아시아에까지 위세를 떨쳤다. 노라의 바람은 고요한 산맥 골짜기에 갇혀 있던 조신한 여인들까지 불러냈고, 화장기 속에 안주했던 여성들을 모아 상기된 여성 공동체를 일으켰다. 남쪽으로 동쪽으로, 이 대륙에서 저 대륙으로 거침이 없었다. 자유는 신선했고, 신나는 일이었다. 순풍에 살랑대는 숲들, 강풍에 흔들리는 고목의 가지들, 훈풍을 맞아 겹겹의 가림 옷을 벗어 던진 여인들의 고운 살결, 삭풍에 외투를 여미는 남정네들의 움츠림은 짜릿한 홍분까지 자극하는 진풍경이었다.

페미니즘이 불붙었고, 여성 권리는 신속하게 기지개를 켰다. 가부장제는 쇠락하기 시작했으며, 제1차 산업혁명으로 급증한 노동력의 수요를 작업복을 입은 여성들이 떼 몰려가 채웠다. 헨리크 입센이 『인형의 집』을 펴낸 1879년부터 뉴질랜드를 필두로 여성의 참정권도 확산되었고, 여성 먼저(Lady first)라는 존중의 사회 풍조는 날개를 달았다. 21세기의 양성평등(heforshe) 캠페인과 미투(Me too) 운동에 이르기까지 여성 권리의 흐드러진 개화는 노라의 열풍 덕이 컸다.

노라가 가출한 지 150년이 지난 오늘날 여성의 권리신장지수는 그녀의 본향 노르웨이에서는 36.4%, 인근 스웨덴에서는 45.3%나 높다. 미국 의회에는 여성이 14.0%나 진출했고, 행정 고위직에는 46.0%를 차지하고 있다. 여성을 성적인 노예로 삼는데 유용했던 중국의 전족도 전통문화의 저항을 누르고 게 눈 감추듯 사라졌다.

노라가 공원에서 귀가했을 때 집 안에는 정적이 가득 고여 있었다. 어둠 속에서 애완견 스피츠가 날쌔게 달려와 꼬리를 흔들 뿐이었다. 노라는 고독의 심연에 빠져들었을 그 유일한 반려를 살갑게 쓰다듬어 준 뒤 과자를 두어 개 던져주고 자신의 저녁상을 준비했다. 빵 한 조각과 우유 한 컵, 아메리칸 치즈 한 장, 살구 한 개가 전부였다. '혼밥'의 쓸쓸함과 욜로(You only live once)의 단순함이 노라의 웃음을 삼켜버린 지 오래다.

노라는 음식을 기계적으로 씹으면서 창밖을 응시했다. 거무스름한 하늘과 무수한 별빛이 시야에 가득 들어왔다. 외롭고 암울한 자신이 거기에 부조처럼 떠 있는 듯싶었다. '단 한 번뿐인 내

삶의 역정에서 과감하게 선택한 그 결정이 진정 옳았는가, 꼭 그 길밖에 없었을까' 하는 의구심이 요즈음 자꾸 엄습해서 더 그런가 싶었다.

인형의 집을 뛰쳐나온 일이 세상을 크게 바꿔 놓았음은 만인이 인정하고 있다. 만일 여성들이 지금도 19세기 이전의 구시대처럼 남자들의 외투 속에서 숨죽이며 살아간다면 얼마나 참담한 꼴이겠는가? 그 결행은 분명히 여성들을 옥죄던 가죽 굴레를 벗어나게 하는 자유의 통쾌한 진군이었다.

그러나 세상이 날로 투명해지고 건조해지자 남편 토크발트 헬메르와 두 자식 생각이 더 짠하게 노라의 뇌리를 파고들기 시작했다. 인간의 욕망을 속속들이 까발리는 신시대의 강풍을 어찌 견뎌내는지도 걱정이었다. '가출의 문턱이 점점 낮아진 것은 애초에 자신이 의도했거나 예상한 일이 결코 아니다. 불평등한 여성의 지위를 고민했던 것이지, 단란한 가정을 파괴하려던 행동이 아니었다'라는 변명이 고개를 들었다.

최근에 미국의 이혼율이 50%에 육박하고, 재혼자의 이혼율은 67%, 재재혼자의 이혼율은 75%에 이른다. 로스앤젤레스 한 초등학교에서는 전체 학생의 40% 이상이 결손가정의 아픔과 고뇌로 몸을 뒤튼다. 한국에서는 딸을 출가시킬 때 '그 집 귀신이 돼라'던 예전의 덕담이 이제는 '수틀리면 얼른 돌아오라'는 말로 변했다고 인구에 회자된다.

할리우드의 여배우 리즈 테일러는 8번이나 남편을 갈아치웠고,

미국 전 대통령 부인 재클린 케네디도 고명한 명예를 걷어차고 부유한 사업가에게 개가해 세인들의 입방아에 올랐다. 인기 골퍼 타이거 우즈는 두 자릿수의 여성 편력이 드러났음에도 TV 앞에서 미소를 흘리며 팬들을 만난다. 미국의 미혼 여배우 조디 포스터는 비공개 남성의 정자로 출산한 아이를 어엿이 양육하고 있고, 축구의 명수 크리스티아누 호날두도 부인 말고 다른 두 여성에게 자신의 정자로 아들을 각각 낳게 해서 키우고 있다. 인간처럼 감정을 갖는 AI가 인류를 지배할지 모른다는 걱정이 계속 떠돈다. AI는 아무리 발달해도 인간은 아니고, 가족이 없어도 무슨 상관이겠는가?

최근 한국의 《보건사회연구》 최신 호는 결혼 적령기인 20~44세의 미혼 남녀 중 70%가 이성 교제를 아예 하지 않는다는 조사 결과를 내놓았다. 한국의 25~29세 남성 미혼율은 1994년의 64%에서 2015년에는 90%로 증가했다. 여성도 거의 비슷한 비율을 나타낸다. 결혼제도와 가족제도의 급격한 해체를 시사한다.

노라는 오른손 주먹으로 답답한 가슴을 탕탕 두드렸다. '그래, 가족제도는 인류의 고색창연한 문화유산이며, 마땅한 대안도 없다. 종의 계승과 안정된 생활문화의 기초 장치이지 않은가. 소중하고 달콤한 사랑의 요람이기도 하다. 가족제도가 허물어지면 인류의 건강한 미래는 쇠락해버릴지 모른다. 문화의 개념을 넘어서 문명 차원의 명제이다. 내가 무슨 깜냥으로 거대한 문명의 물길을 돌린 일을 감행했단 말인가?'

노라는 저녁 식사를 마치고 잠시 TV를 켰지만, 이내 꺼버리고 침실로 들어갔다. 오늘도 혼자 쓰기에는 너무 넓다고 느껴지는 퀸사이즈 침대에 오르면서 또 생각했다. '역사는 되돌려지지 않는다. 여성 파워의 신장과 결혼관을 바꾸어 놓은 저 도저한 물결을 인제 와서 역류할 수도 없다. 그러나 걷잡을 수 없는 회의가 수시로 엄습하는 고뇌를 어쩔 수가 없구나. 인형의 집이 참을 수 없이 고통스러웠다면 피를 토하는 격렬한 토론을 벌여서라도 무슨 타협안을 찾아낼 수는 없었을까? 인형의 집을 헐어버리고 남편과 생활 공간이 공평해지도록 대칭의 집이라도 설계할 수는 없었을까? 그랬다면 아마도 인류의 젠더 문화사는 크게 달라졌을 것이다.'

노라는 깊은 회오에 빠져들며 괴로워했다. 이불을 걷어차면서 만만한 베개만을 끌어안고 뒤척였다. 전두엽의 해마에는 남녀관계에 관한 뭇 상념들이 어지럽게 얽히며 들락거렸다. 그 와중에 하나의 강렬한 생각의 줄기가 치솟아 의식을 사로잡았다. "가장 행복했던 순간들은 역시 가족의 사랑에 푹 젖어 있던 바로 그때였어."

2019. 3. 16.

강호(江湖)에 즐비한 불협화음

— 믿었던 친구가 약속을 깨면 가슴이 아리다. 상대의 사정을 이해하려고 노력해도 앙금은 오래 남는다. 선택지를 놓고 저울질했음을 연상하면 더욱 언짢다. 이용당했다는 단서라도 보이면 분노까지 인다. 작은 등 돌림이나 큰 배신을 막론하고 우정이 세파에 잠식되는 일은 그만큼 상처를 준다. 복잡, 분망해진 시류를 따라 우정이 많이 변질되어 진정성은 점점 더 얕아지고 세속의 저속함에 찌들어 가고 있는 현실은 서글픈 일이다. 그런 얄팍함이 어우러져 세상이 굴러가고 있다는 생각에 미치면 머리가 지근거린다. '그렇더라도 대범하게 넘어가지 못하는가?' 하고 뉘우치는 일도 짜증스럽다.

주변의 대인관계에서 타산(打算)의 흔적이 보일 때도 역겹다. 무릇 인간관계에서 인연과 그 활용은 칼날로 벤 듯 분명해야 깔끔한데, 두루뭉술하거나, 혹 이용하려는 느낌이 들면 거부감이 솟는다. 그게 사회생활 아니냐며 얼렁뚱땅 매도당하면 답답해진다. 진실한 인성(人性)은 아직도 지고의 미덕(美德) 아닌가. 불순한 낌새가 보이더라도 잘 다스려 탄탄하게 신뢰를 쌓지 못했음을 자성할 때에도 쓸쓸하다. 인간관계에 변화가 일어났는지, 어떤 심리적인 변수가 작용했는지, 또는 무의식중에 실수를 저지르지 않았는지를 따져보는 일도 짜증스럽다. 사람들 사이의 이해(利害)와 정(情)은 죽과 새알심처럼 엉겨 있을 터인데~.

이성(異性) 간에도 일방적으로 공략이나 경계의 대상이 되고 있음을 느끼면 씁쓸하다. 남녀가 만나면 으레 정전기가 이는 이치여서 살얼음 위를 걷듯 주의해도 그 미묘함은 엉뚱하고 날카롭다. 애정 문제에 초연하거나 관심이 적은 경우에도 오해는 불거지기 쉽다. 뒤돌아서서 괜한 걱정이라고 손사래를 치는 입장도 한심하다. 지그문트 프로이트를 떠올리지 않더라도 인간은 누구나 원초적인 본능과 심리에서 자유롭다고 하기는 어렵지 않은가?

미투(Me Too) 운동이 여성을 보호하는 데는 긍정적이지만, 남녀 간에 너무 예민해지는 것도 자연스럽지 않다.

저잣거리에 나가면 소리 높여 통화를 하거나 끼리끼리 떠들어대는 법석이 주위의 영혼들을 막무가내로 앗아가고, 순서를 흩트리거나 작은 일에도 이기려는 치졸한 이기주의는 주위의 품격조차 떨어트린다. 아무리 특출한 부분을 내세워도 시중의 윤리성이 낮으면 선진사회라고 할 수 없는데, 대중은 초지(草地)에 풀려진 금수처럼 분방하고 무례하기 일쑤다. 시민들이 공중의 금도(襟度)를 알 수도 있고, 모를 수도 있다. 전자의 경우에는 독성을 풍기고, 후자는 연민을 부른다.

대중이 환호하는 공연장 무대에서는 가무(歌舞)와 연기가 날로 더 눈부시다. K-팝으로 칭송되는 남녀 그룹의 군무와 노래는 맹렬히 훈련되어서 재빠르고도 기하학적이다. 아프리카 원주민들의 민속춤이 원조일 그 노래와 춤사위는 마이클 잭슨류(流)의 기교한 동작을 뛰어넘어 놀랍게 정교하고 날렵하다. 때로는 신기하도록 현란하고, 기계적이다. 볼거리로서는 감흥을 주더라도 기교의 문화가 오락의 주류로써 대중문화를 휩쓸면 알고리즘에 의한 로봇들과는 잘 어울리겠지만, 인간성을 추구하는 참예술에서는 멀어질 것이다.

대중문화는 IP의 번성과 미디어의 분화를 타고 시민사회에 파죽지세로 뻗어 나간다. 인간은 이제 '호모 IT'로 진화하면서 다중매체의 영향권에 점점 더 예속돼 가는 중이다. 역겨움의 진원지는 대중문화의 저속성이다. 출생의 비밀과 불륜, 사랑의 삼각관계, 사술(邪術)과 폭력, 상속 싸움, 유치하고 감각적인 대사 등은 TV 드라마의 진부한 단골 주제로 오랫동안 우려먹고도 여전하다. 연예 등 다른 장르의 프로그램에서도 억지스럽고 낯간지러운 소재와 대화들이 차고 넘친다. "미디어는 마사지"라는 개념(에드워드 맥루한 교수)이 시사하듯이 독자와 시청자들은 저급한 수준의 미디어에 노출되어 세뇌당하고 있는 셈이다. 건강한 창의와 격조가 빈약한 프로그램들이 대중문화를 천박하게 만들고, 대중사회의 진화를 훼방하는 현실은 길게 보면 인류문화와 역사의 진화에도 부정적일 것이다.

대중문화와 대중사회는 도도한 강물처럼 흐른다. 때로는 맑고 잔잔하지만, 때로는 흙탕물의 급류로 변해서 무섭다. 급속히 대중화가 진행되는 오늘날에는 오랫동안 축적된 전통의 가치체계를 무작스럽게 허물면서 지나치게 표피적이면서 집단이기주의로 치닫고, 제어하기도 어렵다. 사회의 오피니언 리더들이 방향타를 잡을 수 있겠지만, 인텔리겐치아들은 나약하고, 폴리티시안들은 오염돼 있다. 지식인들과 전문가들은 이쪽저쪽 눈치를 보며 허우적대고, 정치인들은 득표 계산에 여념이 없다. 원대한 세계관과 역사성을 염두에 둔 혜안으로 건강한 세상을 지도해 주리라는 기대는 맥이 빠진 지 오래다. 독이 오른 정치인들의 치졸한 언어와 배타적인 행태는 이기주의의 광기에 휩싸여 오히려 진취적인 문화와 사회의 진작을 갉아먹고 있다. 그 영향권 아래에는 더럽혀진 탁류가 덩달아 출렁이고, 건설적이고 상서로운 기운은 오히려 매장된다.

시민들의 일상은 모래성 위를 지나간 게들의 자국 같지 않은가? 우정은 세속화에 빠져들고, 주변은 계산기 위에 올려져 득실거리는 잔꾀에 노출돼 있으며, 경제활동도 배면에서는 술수의 난장판 같다.

뜻있는 철인(哲人)은 어느 외진 곳에서 목놓아 탄식하고 있을까?

2020. 8. 11.

피폐한 웃음의 텃밭

— 서울 종로에서 경기 용인으로 이사한 날 아파트 단지에 입주를 알리려고 관리사무실에 들렀더니 6시가 갓 넘었는데도 문이 이미 닫혀 있었다. 돌아가려 하는데 건물 후문 쪽에서 한 신사가 걸어 나왔다. 웃음을 띠고 단지에 입주를 알리러 왔다니까 너무 늦어서 모두 퇴근했으니 다음 날 아침 직원들에게 신고하라고 한다. 혹 직원이냐고 물으니 자기는 관리소장이라고 고개를 세웠다. 굳은 표정으로 신고 절차가 있다면서 직원에게 신고서를 꼭 제출하라고도 이른다. 언뜻 내 아파트 동 출입구가 너무 컴컴하다는 생각이 떠올라 좀 밝게 할 수 없겠냐고 묻자 역시 직원에게 민원(?)을 내라는 답이 돌아왔다. 나의 표정도 굳어 버렸다.

이 하찮은 에피소드는 우리가 일상 속에서 얼마나 자기 본위로 살고 있는가, 솔선수범은 고사하고 본분의 수행이 어떻게 미뤄지는가, 웃음이 끼어들 틈새가 얼마나 좁은가를 씁쓸하게 암시해 준다. 840여 세대의 큰 단지를 관리하는 일이 쉬운 일은 아니겠으나 관리 책임자는 아무리 바쁘더라도 성의를 갖고 친절하게 행동해야 제격이다.

그에 앞서 이삿짐 트럭은 고공 사다리를 걸어놓고 부지런히 움직이고 있었다. 인부들도 땀을 줄줄 흘리면서 바쁘게 짐을 옮기고 있었는데, 그 바쁜 와중에 한 중년 부인이 "잠깐만요"라고 외치며 가로질러 들어와 작업을 중단시켰다. 이어서 그 여인의 손짓에 따라 남편으로 보이는 이가 차를 운전해 들어와 트럭 옆 길 중간에 떡하니 주차해 작업의 동선을 완전히 막았다. 부부가 함께 폐품 속에서 쓸만한 물품을 고르기 위해서 한 행위였다. 간간히 웃어가며 진행된 이삿짐 운반 작업은 딱딱하게 굳어버렸다. 싸울 수도 없어서 웃음은 고사하고 쓴웃음만 삼켰다.

임마누엘 칸트는 웃음이 "예상 밖의 결과에 우스꽝스럽게 느끼는 감정 표현"이라고 규정했고, 토머스 홉스는 "갑자기 나타나는 승리의 감정"이라고 정의했다. 웃음을 자주 보일 수 있는 성정에는 그 마음의 바탕에 세상을 보는 도량과 내공, 여유, 깊은 경지가 넓게 자리 잡고 있음을 쉽게 알 수 있다. 불교에서 말하는 '깨달음의 미소'까지는 아니더라도 나름의 금도와 철학 없이 각박한 세파 속에서 미소나 파안대소를 자연스레 보이기는 어려울 것이다. 웃음을 낳는 인품은 갈고 닦은 높은 수준의 수양에서 풍기는 향기일 성싶다.

"웃으면 복이 온다"라든가, "한 번 웃으면 그만큼 젊어지고, 한 번 화내면 그만큼 늙는다"라는 옛말은 과학적으로도 뒷받침되고 있다. 웃으면 뇌에 산소 공급이 활발해지고, 몸에 엔도르핀이 생성된다는 연구가 많이 발표되었다. 웃으면 스트레스가 줄고, 혈압이 떨어지며, 면역력이 올라간다고 연구자들은 권장한다. 하루에

15분만 웃어도 건강이 괄목할 만큼 좋아진다는 주장도 있다. 인도 의사 마단 카타리아가 주도하는 웃기 운동이 세계적으로 선풍을 일으키는 것도 건강의 호전에 확신이 있기 때문이리라. 1995년 4명의 인도인이 시작한 그 웃기 운동은 24년 만에 세계 50여 국에 6천여 클럽이 결성될 만큼 커졌다.

웃음은 개인의 건강 문제를 넘어 인간관계와 사회생활에도 양념이자 윤활유이다. "웃는 얼굴에 침 뱉겠는가"라는 말은 경쟁이 치열하고, 이해가 예민한 세상살이에서 일을 한결 부드럽게 하는 웃음의 효험을 꼭 찍어 이르는 금언이다.

미국은 유머의 천국이다. 대통령을 비롯한 정치인들의 연설이나 회견 등에서도 어김없이 유머가 등장하며, 분위기를 한결 친밀하게 해준다. TV의 코미디 쇼가 간단없이 인기를 모으는 현상도 유머를 좋아하는 미국인들의 성향 때문으로 보인다. '끓는 냄비(Melting pot)'라는 표현처럼 미국의 복잡다단한 이질 집단 간의 긴장을 이완시키는 묘약이 유머에 있다고 해도 과언이 아닐 것이다. 누구라도 수준 높은 유머를 구사할수록 인기가 높고, 친밀감을 즐긴다. 유머는 사교계에 반짝이는 금강석이다.

웃음은 대인관계의 견인차라고 할 수 있다. 웃음은 친절의 대명사이고, 충돌과 대립을 예방하는 보약이다. 충돌과 대립의 사회적 비용을 희석하는 효과는 천문학적인 수치임이 틀림없다. 전후에 각박하게 살면서 이념 갈등까지 겪는 한국 사회가 웃음을 잃어버리고 성난 얼굴로 예민해 있는 현상과 대비가 된다.

정치인들은 정당의 대표이든 대변인이든 입만 열면 정적들을 원색적으로 날카롭게 공격한다. 저잣거리에서도 치열한 경쟁은 겉으로 나와 충돌하거나, 안으로 내재하거나 들여다보면 살벌하기가 이를 데 없다. 선진국에서는 길에서 마주치는 모르는 행인들에게도 인사를 나누거나 눈웃음이라도 쳐주는데, 그 모습은 보기에도 아름답다. 그들이 한국에 와서 거리의 굳은 표정들을 보면 무슨 생각을 할까? 한국인들이 자기들에게 무슨 적대감을 갖고 있는 듯이 쏘아본다는 말을 가끔 듣는다.

인생이 무엇이냐는 동자의 물음에 고승은 푸른 하늘을 쳐다보며 미소를 짓는다는 옛말이 떠오른다. 깊은 마음 속에서 우러나오는 미소가 곳곳에서 향기를 풍기는 공동체는 너무 멀리서 가물거린다.

2018. 8. 7.

야수의 자식 사랑

— 대형 마트의 주말은 유난히 붐볐다. 카트를 밀면서 서로 피해 다니기도 조심스러웠다. 어떤 젊은이들은 빠른 속도로 용케 잘 빠져나갔다. 어떻게든 나만 빨리 일을 보면 된다는 무례함이 질서를 어지럽힌다는 생각을 지울 수가 없었다.

아내는 질 좋고 값싼 쇠고기를 사고 싶어 했다. 마침 고기를 구워서 맛을 보게 하는 시식 코너가 있어서 서비스하는 여성이 구운 고기를 썰어서 접시 위에 올려놓았다. 맨 앞에 서 있던 나는 한 점을 찍어서 입에 넣고 맛을 보았다. 그때 한 어린 학생이 깜짝 나타나 고기를 이쑤시개로 찍어 먹기 시작했다. 좀 무례했지만 두 점까지는 그냥 보고 있었으나 세 점을 연거푸 집어먹자 나는 그 아이에게 한 점만 먹는 것이라고 일러주었다. 그러나 아이는 나를 멀뚱멀뚱 쳐다보면서 계속 고기를 입에 처넣었다. 아이가 7개쯤 쉴 새 없이 먹자 그곳을 떠나려던 나의 입에서 큰 소리가 용수철처럼 튀어나왔다.

"이놈아, 한 개씩만 먹는 것이라고 말했지?"

아이는 원망스러운 눈초리로 나를 흘깃거리면서 멀리 달아나버렸다. 혀를 차는 서비스 여성을 쳐다보며 나는 아이들이 저렇게 크면 나중에 도둑도 될 수 있겠다고 걱정하는 말을 중얼거리듯 남겼다.

문제는 그다음에 일어났다. 우리가 과일을 사기 위해 다음 코너로 이동하고 있을 때 40대 초반으로 보이는 우락부락하게 생긴 한 남자가 느닷없이 나에게 덤벼들었다.

"당신이 뭔데! 당신이 고기 주인이야?"라면서 대들었다. 심지어 내 가슴을 주먹으로 두 번씩이나 툭툭 치면서 "어른이 아이에게 폭행해도 되는 거야, 응?"이라며 거칠게 공격했다. 나는 갑자기 당한 일이라 놀라다가 곧 반사적으로 호통을 쳤다. "이게 무슨 행패야, 무슨 일인지 알고 그래?"

그러나 그는 더 목소리를 높여가며 내 어깨를 잡아채 끌어당기면서 구타할 태세였다. 나는 사람들이 바글거리는 매장 건너편 입구에 있는 구내 경비에게 버럭 소리를 질러 경찰을 부르라고 요구했다. 상대방도 "그래, 잘 됐다, 경찰을 부르자"라고 맞장구를 쳤다. 그리하여 일단 폭행은 중단됐고, 경비의 분리 요청에 따라 쌍방은 따로 떨어져 경찰을 기다렸다.

경찰은 양측에게 입장을 묻는 초동 진술을 따로따로 받았다. 나는 무질서한 세태에 초점을 맞춰 상대의 무례와 폭력을 소상히 설명했다. 상대는 내가 어린이에게 겁을 주고, 도둑놈이라면서 폭언을 퍼부었다는 주장을 한다고 경찰이 전했다. 양측의 주장을 들은 뒤 경찰은 상대의 처벌을 원하느냐고 물었다.

나는 감정의 응어리와는 다른 입장을 경찰에 밝히고 말았다. "처벌은 원치 않는다. 다만 나에게 폭력을 휘두른 행위와 타인에게, 더구나 연장자에게 버릇없이 행동한 부분에 대해서 분명한 사과와 재발 방지의 다짐을 받는다는 전제다"라는 것이었다. 이런 결정을 내린 나의 의식에는 요즘 사회를 온통 먹칠하고 있는 정치 싸움과 사법행위 등에 역겹던 평소의 심정이 작용했다고 여겨진다.

그러자 상대는 내가 아이에게 사과하면 자기도 고발을 취하할 수 있다고 나왔다. 내가 아이에게 저지른 폭력을 구체적으로 말하라고 묻자, 겁을 주는 몸짓으로 아이를 주눅들게 했으며, "넌 도둑놈이 될 거야"라고 언어 폭행을 저질렀다고 목소리를 높였다. 나는 CCTV를 판독해보자고 요청했고, 그 영상은 그의 주장이 사실과 많이 다름을 확연히 보여줬다.

경찰의 중재에 따라 그는 나에게 사과하고, 나는 아이에게 상처를 위로해주기로 합의가 이뤄졌다. 나는 그에게 손찌검을 한 행동과 폭언을 퍼부은 언어폭력을 조목조목 들어 사과를 받았고, 연장자에게 폭거를 저질렀음을 반성하고 재발하지 않도록 주의하겠다는 다짐도 얻어냈다. 반면에 나는 아이를 사무실로 불러들여 따듯하게 대하며 어른으로서 당부의 말을 해주었다. 처음에 나이와 학년을 묻고, "그래, 5학년이므로 이제는 아기가 아니다. 다른 사람들이 좋게 보는 옳은 행동을 해야 하지? 그래서 일러준 거야"라고 부드럽게 말해주었다. 아이는 생각보다 순순히 받아들였고, 인사까지 하고 밖으로 나갔다.

상대방과 악수를 하고 통로로 나오는데 경찰이 다가와 요즈음 젊은 사람들은 자기 아이들에게 조금이라도 거슬리게 대하면 난리를 친다고 귀띔해 주었다. 그날도 그런 문제로 두 번이나 출동했는데, 모두 학교에서 교사가 자기 아이들에게 심하게 굴었다고 학부모들이 신고한 사건이라고 전했다. 뒤를 돌아보니 저 뒤에서 아이와 아비는 꼭 껴안고 서로 볼을 비벼가면서 무슨 이야기를 다정하게 나누고 있었다.

매장 앞에서 내내 기다리다가 우리를 보고 화난 표정으로 홱 돌아서는 아내의 뒷모습이 처연했다. 그 모습 위에 한국 사회를 짓누르는 두 개의 괴물이 어른거렸다. 그 하나는 빗나간 자식 사랑이 보여준 편협한 이기주의였고, 다른 하나는 그 이기주의에 거슬리면 거칠게 폭발하는 폭력이었다.

2018. 12. 24.

정원 가꾸듯이

— 서울 종로의 북촌 한옥마을에 살 때는 대문을 나서면 으레 아는 사람을 한둘은 만나게 되고, 가벼운 인사나 소소한 이야기를 나누곤 했다. 그러나 용인의 고층 아파트로 이사한 뒤에는 이웃들과 아주 서먹했다. 현관을 나서서 엘리베이터를 기다릴 때도, 좁은 승강기를 함께 타고서도 대화는커녕 인사조차 인색했다. 심지어 같은 층의 이웃과 조우해도 통성명조차 없었다.

그렇게 며칠 지내다가 아무리 메마른 사회 풍조라 해도 이런 식으로 소 닭 보듯 살 수 있겠냐는 생각이 들었다. 어느 날 무조건 먼저 인사라도 건네기로 마음먹고, 만나는 사람마다 새로 이사를 왔다면서 미소를 띠고 인사하기 시작했다. 어른들이나 젊은 층에게도, 아이들에게도, 남자나 여자에게도 가리지 않고 인사를 건넸다. 바쁘게 보이는 사람이든, 한가한 듯한 사람이든 상관없이 부담 없는 인사말을 던졌다. 처음에는 당황하는 사람, 이상하게 보는 사람, 부끄러워하는 사람, 귀찮다는 듯한 사람 등등 여러 반응이 돌아왔다. 반응의 색깔이 어떻든 개의치 않고 인사한 뒤의 반응을 새겨보는 재미도 있었다.

한 달쯤 지나자 변화가 보이기 시작했다. 건네지는 인사가 자연스럽게 받아들여지고, 오히려 저쪽에서 먼저 인사가 날아오는 경우도 점차 늘었다. 한두 번 안면이 있는 경우에는 그냥 지나칠 수 없게 분위기가 달라졌다. 변화의 온도는 인사를 나눌 때 상대방의 표정에서 잘 나타난다. 일종의 인지본능이자, 공감 같은 심리가 감지됐다. 변화는 예상보다 빠른 속도로 찾아온 것이다.

이사 온 지 열 달, 이제는 승강기 앞에서나 안에서나, 또는 아파트 앞이나 길가에서나 아는 척은 물론 이야기까지 나누고, 이따금 반가움도 느껴진다. 같은 층의 한 가족과는 가끔 안부를 묻는 사이까지 됐다. 18층 건물에 층당 4가구씩, 가구당 4명 가족이면 대략 288명의 공동체에서 만나는 사람마다 인사를 나누는 작은 문화가 정착되고 있다.

앞으로 얼마나 넓게, 또는 얼마나 깊이 뿌리를 내려서 얼마나 길게 이어질지 가늠할 수는 없다. 이 아파트 단지에 900여 가구가 입주해 있으니 3,600여 명의 주민이 살고 있는데, 13개 동으로 구성돼 있어서 전 주민에게 그런 바람을 일으키기는 현실적으로 쉽지 않을 것이다. 그러나 최소한 우리 동에서는 서로서로 가벼운 인사를 나누는 데까지는 발전한 것이다. 또 사람들은 동의할 수 있는 동기만 주어진다면 태도의 변화는 쉽게 이뤄진다는 집단적인 성질도 보여준 셈이다.

일본과 미국, 홍콩 등 해외에서 장기 체류하는 동안 많이 부러웠던 일 중의 하나가 인사성이었다. 일본인들은 간사하다는 말을 들을 정도로 살가워한다고 온 세계에 잘 알려져 있고, 미국에서도 상위층일수록 인사성이 기분이 상쾌해지도록 밝고 정중하다. 인사는 건강한 사회의 촉매제이자 갈등을 줄이는 윤활유 같다는 느낌이었다.

한국에 여행을 온 한 외국인 지인은 한국 사람들의 굳은 표정을 지적하며 자기들에게 무슨 적대감을 품고 있는 줄 알았다고 털어놓아 쓴웃음을 자아낸 적이 있다. 나 자신도 그런 분위기에 물들어 있겠다는 생각에 이르자 부끄러워졌었다. 날카롭게 바라보거나 시선을 아예 피해버리는 풍조라도 바뀌어 부드러워지고 살가워지면 한국 사회는 내외로 더 밝은 나라라고 인식될 것이다. 사람들 간의 날카로운 대립도 많이 부드러워질 것이고, 갈등의 완화에도 도움이 되리라.

도시문화는 날로 살벌해지고 있다. 극소수의 지인들을 제외하고는 서로 마주쳐도 본체만체 지나쳐 버린다. 전통사회에서 대중사회로 변하면서 나타나는 까칠하고 메마른 풍조이다. 세계의 총체적인 변화에 직면하기 전에 "자기 정원을 가꾸는 일"이 우선 필요하다는 볼테르의 표현은 이런 현상을 보고 미리 말해주지 않았나 하는 느낌마저 든다. 자기가 사는 공동체를 가꾸어야 할 정원으로 여긴다면 훨씬 더 따뜻하고 세련된 세상이 되지 않을까?

2019. 4. 28.

제
2
부

칼럼

1장

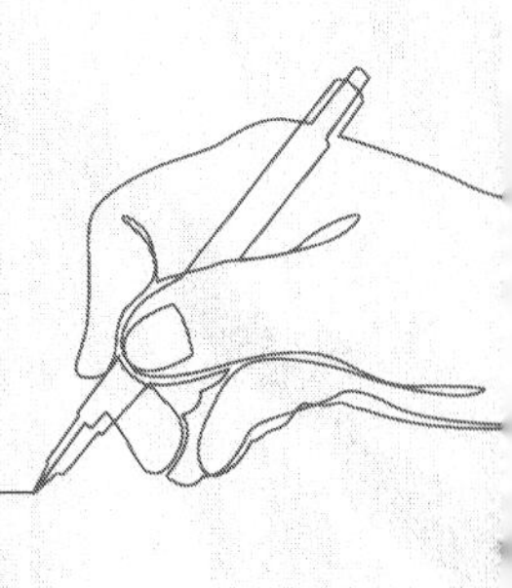

2018년

대한민국,
과거에서 미래로

○ 한국에 저무는 2018년은 무엇이었으며, 다가오는 2019년은 어떻게 될까? 그리 뿌듯하지도 않고, 설레지도 않는다. 그만큼 지난해는 어두웠고, 새해 전망도 밝지 않다.

지난 한 해 한국에 가장 많이 범람했던 화두는 수사와 재판이었고, 북핵 문제였으며, 소득주도 성장이었다. 세 가지가 모두 출발은 기세 좋게 등장했지만, 이 시점에서 성찰한다면 국가 기반의 굳건한 초석을 놓는 과정이라고 하기보다 정치적 소용돌이였다는 인상이 짙다.

'적폐 청산'이라는 정치적 기치가 양산한 사법 행위는 대중매체를 거의 매일 도배질할 정도로 요란했다. 사법의 칼날은 전직 두 대통령과 사법부 수장의 구속을 비롯해서 과거 정권에서 나름의 역할을 했던 인사들, 정치인들과 법조계, 주요 권력기관, 군과 경찰, 국책회사, 대기업 총수들에 이르기까지 광범위하게 휘둘러졌다. 해를 넘기며 이어진 수사와 재판은 나라에 사법 공화국이라는 인상마저 들씌웠다. 부조리 척결은 동서고금을 관통하는 사회적 과제이지만, 개혁이라는 명분에 정치적 의도가 덧씌워지면 다중의 전폭적인 동의를 얻을 수 없고, 반작용이 일게 마련이다. 지난 두 해에 휘몰아친 정치성 짙은 일대 수술은 상당한 국민이 그런 미분화를 의심하기에 이르렀으므로 사회적 컨센서스라는 측면에서는 긍정적 평가에 미치지 못했다.

북핵 문제 해결을 위한 문재인 정부의 총력은 보수진영의 회의에도 불구하고 남과 북, 미국과 북한 간의 정상회담을 성사시켜 새로운 역사를 쓰는 듯했다. 그러나 중국의 바람 빼기에 솔깃한 북한 김정은 위원장의 흔들림으로 다시 안갯속으로 접어들었다. 한국과 북한, 미국과 북한 정상들의 담판에 기대를 부풀렸던 한국 국민들에게 불신과 체념을 안겨준 것이다. 국가 간의 문제를 크기로만 비교할 수는 없지만, 국민총소득(GNI)이 남한은 3,300만 원이고, 북한은 146만 원이니 4.4% 수준이다. 예산도 남한의 469조 원의 13% 정도인 36조 원이므로 남한의 한 개 시나 도 정도에도 못 미친다. 약한 상대에 질질 끌려가는 인상을 받을 일이 아니지 않은가? 오히려 남쪽을 압박하는 북한의 몽니도 황당해서 남북 평화 드라이브는 순탄치 않은 앞날이 예상된다.

소득주도 성장 정책의 여파는 기업경영과 서민경제에 피질이 벗겨지는 듯한 아픔과 고뇌를 안겼다. 한국 경제의 3분기 성장률이 0.6%로, 2개 분기 연속 0%대라는 한국은행의 발표는 미국 등 선진국 경제의 호황 속에 한국이 얼마나 고통스러운지를 단적으로 드러낸다. 청년들의 일자리가 줄어들고, 영세 사업소의 신음이 곳곳에서 들리며, 대기업들은 움츠리고 있다. 캐나다의 오타와대학 마크 라부아 교수의 가설 수준인 임금 주도 성장론을 실험적으로 주요 국책에 도입한 후유증이라고 지적된다.

정치는 유연성이 있어야 생명력을 키운다. 태풍의 눈이 뜨면 진행될 상황을 재빨리 내다보고, 열린 자세로 대처해야 곤궁의 타개가 가능해진다. 물론 기본 뼈대야 어쩌지 못하겠지만, 뼈만 남기고 다른 부위는 어디든 다스릴 줄 알아야 골격이라도 유지할 수 있다. 2018년 한국 사회를 덮쳤던 주요 화두에 대해서 다수 국민의 태도를 민첩하게 읽고, 필요한 궤도 수정이 이뤄져야 국민도, 사회도, 나라도 편안해지고, 정진하게 될 것이다.

역사는 오늘과 내일을 위해서 짚어보는 데에 의미가 있다. 교훈을 얻는 이상으로 과거에 천착하려 하거나 자꾸 회귀하려고 몰입하면 발전은 없다. 지금 대한민국이 거기에서 서성이고 있다. 국민의 의식은 지속되는 재판이 지겹고, 서민들에게 펴 줄 곳간의 사정이 걱정스러우며, 김정은의 뒤뚱거리는 행보를 읽어내기에 피곤하다. 엄연한 건국일은 새로 바꾼다고 해서 무엇이 크게 달라지나? 세계가 빠르게 바뀌고 있는 변동의 시대에 앞서가려는 기세는커녕, 따라가지도 못하게 된다. 사회의식이 정체돼 있는데 전진의 동력이 어디에서 꿈틀거리겠는가?

미국과 중국의 패권 경쟁은 내면에서는 사활을 건 대결로 치달아 새로운 국제 질서를 편성하는 중이다. 중국의 하강과 일본의 호시탐탐, 인도의 기지개, 유럽의 불안 속에 한반도는 여전히 스스로 우뚝 서지도 못하고, 중심을 잡지도 못하고 있다. 중국의 사드 보복은 아직도 아물지 않아 께름칙하고, 한일관계는 최악으로 악화해 있다.

4차 산업은 세계 경제의 생태계를 급격히 바꾸고 있다. 선두주자들은 후발자들의 추종을 불허하며 달려가고 있다. 1차와 2차, 그리고 3차 산업혁명 때도 그렇게 해서 선진국과 후진국으로 갈렸다. 한국은 다행히 1, 2차를 건너뛰고 3차에서 퀀텀 점프를 이루었으나 4차를 앞두고 주춤거리고 있다. 정부와 기업들이 손을 맞잡고 달려 나가도 숨이 찰 터인데 시민운동권의 고식적인 프레임과 고발철학에 발목이 잡혀 나아갈 수가 없는 형국이다.

이제 새해에는 달라져야 한다. 온 나라가 전향적인 사고로 바뀌어야 하고, 미래지향적이어야 한다. 재도약이냐 쇠락이냐 하는 기로에 선 대한민국의 국운이 거기에 달려 있다. 국운을 신시대에 맞게 새롭고도 웅장하게 세워나가야 하고, 황금빛 성장동력을 찾아 나서야 하는 절박한 명제가 우리 앞에서 너무도 절실하다.

2018. 12. 9.

남·북·미 정상들의 판문점 드라마

ㅇ 파격에서 파격으로 이어진 정치 드라마였다. 지난해까지만 해도 원수처럼 으르렁대던 국가의 최고지도자들이 벌인 악수와 웃음 파티였다. 트럼프 미 대통령의 트위터 한 꼭지가 높은 성 속에 폐쇄돼 있던 '최고존엄(?)'을 끌어냈고, 역사적이라고 스스로 규정하며 양측이 모두 기뻐했다. 두 정상은 참혹한 전쟁으로 원수가 된 뒤 굳게 닫혀 있던 국경, 군사분계선을 서로 오가며 희생자들의 선혈이 스민 땅을 상징적으로 밟았다. 상기된 세계 최강국 지도자가 지구상 최빈국 중의 하나인 공산주의 전제국가 지도자와 번개처럼 만나 서로 추켜세우며 임시 회담장으로 들어가 53분 동안이나 환담했다. 두 정상의 면담에서 무슨 말이 오갔는지 가려진 채 남·북·미 정상들은 함께 파안대소하며 '자유의 집'을 나와 드라마의 제1막을 내렸다. 외교적으로는 도저히 상상할 수도 없는 기상천외의 이벤트였다.

세계를 놀라게 한 판문점 회동은 갑작스러웠던 탓으로 준비가 미숙해 66년 묵은 빗장을 여는 행사로서는 초라했고, 진행도 뒤죽박죽이었다. 언론의 접근도 무리하게 통제돼 개방성 '리얼리티쇼'에 흠이 되었다. 최고지도자는 중차대한 국사를 책임지기에 일정에 급급해서는 안 되며, 스케줄 정렬은 참모들의 일이다. 시간에 쫓기던 노령의 트럼프 대통령은 피로가 역력했고, 참모들은 혼이 나간 듯 바빴다. 한미 정상회담 뒤 회견장에서 미국 대통령을 향한 블룸버그 통신 기자의 추가 질문을, 사회자가 아닌 동석한 국가원수가 "시간이 없다"라면서 막아주는 촌극도 벌어졌다.

미국과 북한 정상이 단독으로 만나는 동안 북핵 문제의 당사국인 한국의 통치자는 예의 바르게(?) 조연을 자처하며, 다른 방에서 1시간이나 대기해 주었다. 세 정상이 역사적이라고 누누이 자찬하는 북핵 문제 관련 정상들의 빅딜에서 대한민국의 존재는 배제된 것이다. 북한이 끈질기게 추구한 '봉남통미'의 현장을 지켜보며 한국 국민은 미국과 북한의 비밀에 싸인 대화 내용을 궁금해하며 관람하지 않을 수 없었다.

미·북 정상들의 회동은 두 가지의 결과를 내놓았다. 하노이 회담 후 교착돼 있던 두 정상의 만남이 이루어져 북핵 협상의 숨통이 트였다는 점과 핵 협상을 위한 실무팀을 구성해 2~3주 안에 협의를 벌인다는 것이다. 우선 미국과 북한이 다시 협상의 테이블에 앉는다는 의미는 평가할 만하다. 북한이 고집해온 톱다운 방식에 실무협의를 가미한 방안인데, 하노이의 실패를 보강하자는 의견이 받아들여졌다.

트럼프 대통령은 회담 후 바로 실무회담 대표로 폼페이오 국무장관과 비건 북핵 대표를 지목했고, 북한은 이용호 외무상과 최선희 제1부상이 카운터파트로 나서는 것으로 보인다. 트럼프 대통령은 김정은 위원장에게 백악관 방문을 초청했지만 확답을 듣지 못했으며, 오히려 트럼프 대통령의 평양 방문을 역제안했다고 외신은 전한다.

형식과 절차의 돌파구가 마련되었더라도 북핵 협상의 본질적인 변화가 보이지 않으면 빛 좋은 개살구가 된다. 트럼프 대통령은 회동 직후 기자들에게 "서두르면 안 된다. 경제 제재는 언젠가는 풀리겠지만, 지금은 아니다. 제재는 유지된다"라고 말해 북한의 제재 철회 요구를 그냥은 들어주지 않음을 분명히 했다. 포괄적인 핵폐기 외에는 답이 없음을 국제사회에 밝힌 것이다.

두 정상이 53분간 대화하면서 통역 시간을 뺀 30여 분 동안에 북한은 제재 해제를 집요하게 요구했고, 미국은 포괄적인 핵 폐기를 위한 리스트와 사찰, 폐기 스케줄을 전제로 설득했음을 짐작하게 한다. 김 위원장은 총력을 기울이는 경제 개발 5개년 계획은 고사하고, 지난해의 -3%에 이어 올해 -5%의 GNP 성장률이 예상되는 극심한 경제 난국을 타개할 다급한 불을 끄기가 힘들게 됐다. 트럼프 대통령의 트위터를 보고 북한이 급히 반응한 배경이 거기에 있었는데 빈손으로 돌아간 것이다.

트럼프 대통령이 아무리 기업가적인 행태로 즉흥성을 구사해왔다고 하지만, 북핵에 관한 당근은 국제사회와 미국 내 여론을 의식해야 하는 민감한 문제이기 때문에 쉬운 일이 아니다. 더구나 민주당의 대선 레이스가 달아오르고 있어서 신중 모드에 들어갔다고 봐야 한다. 판문점 드라마도 그런 입장에서 치밀한 계획이기보다 미끼를 툭 던져보았을 개연성이 높다. 답답하던 김정은 위원장이 덥석 입질을 하였고, 문재인 대통령도 양쪽에 훈수를 두었을 것이다.

트럼프 대통령은 북핵 문제를 미국 우선주의에 치우쳐 지나치게 영리하게(too much smart) 접근하지 말기를 바란다. 그런 페이스를 부단히 구사하면 한미동맹은 소원해질 것이며, 국제사회의 신뢰도 멀어질 것이다.

문재인 대통령은 트럼프 대통령이 강조하는 대로 서두르지 않기를 권고한다. 과거 공산주의자들의 전략, 전술에는 반드시 감춰진 계략이 있었듯이, 북한의 핵 협상에도 깊숙한 골짜기에 은폐된 독이 쌓여 있을지 모른다는 전제 아래 그 진의와 실체를 정확하게 파악하는 일이 먼저다. 한반도의 비핵화 개념도 한국과 미국, 북한의 지향점이 다르다는 사실은 웬만하면 다 아는 현실이 되었다. 그런 냉철한 판단 위에서 국민과 국가의 미래를 향한 뛰어난 비전을 세워 나라를 이끌어야 진정한 지도자이다. 진영논리를 앞세워 야권은 제쳐놓고, 눈앞의 평화와 정치적 의도에만 천착하면 결국 나라의 재앙을 키우는 꼴이 될 수 있다.

김정은 위원장은 진솔하게 핵을 완전 포기하고, 그 대가로 국제사회의 체제 보장을 받아 민생을 보살펴야 한다. 북한이 살길은 그뿐이고, 빠르면 빠를수록 북한과 3천만 주민들에게 유익하다. 시대에 뒤진 방식으로는 치열한 국제 경쟁에서 버틸 수가 없지 않은가?

2018. 7. 2.

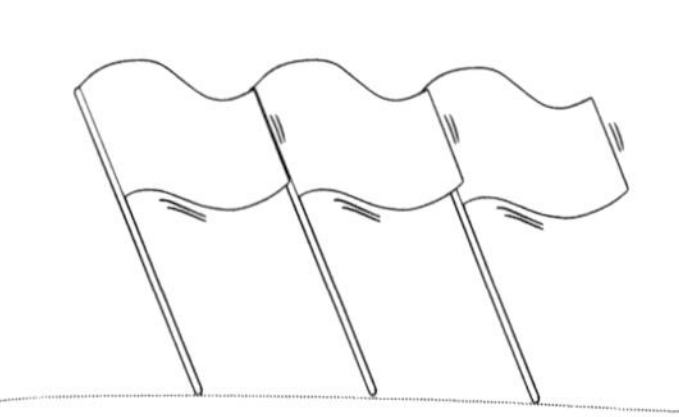

미국과 중국 무역분쟁의 파고

미국과 중국의 무역전쟁은 지루하게 이어질 경제적 분쟁이자 헤게모니 경쟁의 산물이다. 트럼프 행정부가 2,000억 달러의 중국 상품에 관세를 부과하자 중국이 600억 달러로 대응한 충돌은 미·중 사이의 피할 수 없는 긴장의 한 차례 돌기이고 파고다. 이미 지난 두 달 동안 주고받은 500억 달러의 수입관세 치고받기의 연장전이며, 앞으로 계속될 싸움의 제2 라운드이다. 트럼프 미 대통령이 예고했듯이 또 다른 2,600억 달러에 대한 관세 부과도 위협에 그치지 않고 언젠가는 현실화될 가능성이 크다.

미국 조야는 네 배에 달하는 중국과의 무역적자에 뿌리 깊은 불만을 갖고 있고, 근본적으로 해결해야 할 현안으로 느끼고 있다. 지금까지는 미국은 값싼 중국 상품을 즐겨 사용했고, 중국은 경제적 큰 이익을 걷어갔지만, 이제는 그러한 불균형은 개선돼야 한다는 각성이 미국 내에서 매우 높아졌다.

중국에 대한 미국의 무역공세는 트럼프 대통령이 기치를 들고 나섰지만, 그 발원은 트럼프의 거친 성향이나 정치 노선에서만 나왔다고 할 수 없다. 미국이 절실하게 고민하고 바라는 의도를 트럼프라는 저돌적인 지도자를 통해서 표출하고 있는 것으로 봐야 한다. 미국의 국익을 우선으로 삼겠다는 트럼프를 지도자로 선출함으로써 목에까지 차오른 불만과 과제를 해결하도록 앞세운 결과이다

미국의 중국에 대한 비호감은 첫째는 국내 경제의 난조에서 비롯됐고, 둘째는 중국의 팽창주의가 자극했다. 경제적 난맥은 제조업의 부진이 불러온 내부적인 현상이다. 높은 인건비와 까다로운 고용조건으로 생산성과 경쟁력이 떨어지자 공장들이 중국 등 해외로 나갔고, 디트로이트와 피츠버그 같은 중서부 공장지대는 거의 황폐화됐다. 시장은 값싼 수입품들에 내주었고, 자연히 생필품 시장에는 일본 상품이 휩쓸고 간 데 이어 지금은 중국 제품이 곳곳에 넘쳐나고 있다. 미국과 중국의 교역량은 2017년 기준 1,300여억 달러 대 5,600여억 달러로 네 배도 넘는 불균형을 보이는 것이다.

중국이 2030년 이후에는 미국 경제를 누르고 G1이 될 것이라는 경제학계 촉수들의 앞지른 예상이 널리 퍼져 있는 점도 미국의 우려를 높였다. 트럼프 대통령이 중국은 절대로 미국을 제치고 세계 제1이 되지 못할 것이라고 주장한 것은 이러한 우려를 잠재우고, 앞으로 강력한 견제를 벌이겠다고 밝힌 것이다. 그 첫 단계가 무역전쟁이다. 따라서 미국과 중국의 협상에서 부각된 지적재산권 도용이나 환율 조작, 불공정한 통상 관행 등은 쉽게 타결될 성싶지 않은 난제이다.

중국도 경제체제의 성격상, 그리고 성장의 지속을 위해 받아들

이기 어려운 문제라고 여기고 있다. 가뜩이나 성장률이 6%대로 떨어져 성장의 하강 추세를 보인 중국은 미국의 요구를 수용하기도 쉽지 않고, 끝까지 대립하기도 어려운 진퇴양난의 처지다. 관세로만 맞대응하려 해도 나머지 부과 대상이 미국에 크게 못 미치는 만큼 대적하기 어렵다.

미국이 재정적자와 무역적자를 타결하려고 일본과 맺은 1985년 플라자 합의 때와 비슷한 상황을 맞은 형국이다. 당시에 일본은 미국 시장을 휩쓸면서 G2에 올랐으나 플라자 합의의 압박 이후 급격한 엔화 절상으로 '잃어버린 20년'이라는 저성장의 늪에 빠졌으며, 오늘날까지도 그 후유증을 앓고 있음은 잘 알려져 있다. 미국의 강펀치를 맞고서도 중국이 고도성장을 계속 유지해서 과연 G1이 될 수 있을까? 트럼프는 절대 안 된다는 주장이다. 중국은 이미 인건비 상승 등으로 시장 경쟁력에서 베트남 등 인도차이나 국가들과 인도 등의 드센 도전을 받는 상황이다.

반면에 미국은 트럼프 정권 출범 이후 경기가 호조를 거듭해서 올 2/4분기에는 근래에 드물게 4.8%의 호황을 보였다. 호경기에 힘입어 트럼프의 인기도 올라서 중간선거의 승리는 물론 재선까지도 무난하리라는 전망도 나온다. 트럼프는 기세를 몰아 미국 우선이라는 정치 노선을 강화할 것이며, 중국에의 압박도 계속할 것으로 보인다.

미국의 견제심리를 바짝 높인 것은 시진핑 주석이 덩샤오핑의 도광양회, 즉 빛을 가리고 힘을 기른다는 소극적인 세계전략을 제치고 중국 몽과 중화 굴기를 선언하면서 드러낸 팽창주의 때문이다. 아편전쟁에서 패한 이래 서양 세력에 굴종을 당하기만 했던 '중국 으뜸'의 자존심을 되찾겠다는 포부에서 나온 것이다.

중국이 일대일로, 유럽과 아프리카까지 철로와 항로로 이어가는 방대한 건설계획과, 아시아의 금융망 AIIB(아시아인프라은행) 설립 계획 등으로 G1으로의 행보를 넓히자 미국의 우려는 높아졌다. 자본주의를 도입하긴 했지만 사회주의의 이념과 구조를 유지하면서 권위주의적 힘줄을 드러내고 있기 때문에 경계의 시선을 늦추지 않은 터였다. 서로 협력한다는 외교적 수사를 늘어놓으면서 많은 양의 교역을 여전히 주고받았지만, 가려진 긴장감은 날로 높아지고 있었던 것이다.

미국과 중국은 무역 외에 국제 문제에서도 사사건건 대립을 보여왔다. 남지나해의 군사적 시위는 물론, 이란 핵 문제, 러시아 제재, 중동 사태 등에서도 최근까지 수없이 엇박자를 냈다. 특히 한반도의 북핵 해결을 위한 미·북 협상에 중국이 훼방을 놓는다는 인상이 짙어지자 트럼프 대통령은 중국이 재를 뿌린다고 외교적 관례를 무시한 채 두 번씩이나 공개적으로 비난을 퍼부었다. 미·북 정상회담을 앞두고 시진핑 주석이 김정은 북한 국무위원장을 세 번씩이나 불러들인 뒤 북한의 태도가 표변한 낭패를 지칭한 것이다.

미국과 중국의 무역전쟁은 한국 경제에도 심대한 걱정을 낳고 있다. 한국 경제의 성장률 3.1% 중 2/3는 수출이 만들어낸 것이고, 그 수출의 40%가 미국과 중국으로 간 것이었다. 더구나 중국에 대한 수출의 80%가 중간재여서 미국으로 보내는 중국의 수출량이 10%만 줄어도 한국의 수출은 32조 원이나 감소한다고 현대경제연구원은 전망한다. 싱가포르 개발은행은 미·중 무역전쟁이 한국 경제를 0.4% 끌어내릴 것이며, 내년에는 그보다 두 배의 영향을 받을 것으로 예상한다. 한국에 비상 신호를 준 꼴이다.

미·중 무역분쟁이 격화하면 세계 경제에 커다란 파장이 예상된다. IMF는 미·중 무역분쟁이 중국과 미국 경제성장에 타격을 줄 것이며, 세계 경제에도 관세의 세부사항과 양국의 행동에 따라 상당한 비용을 초래할 것이라고 경고했다. 중국은 이미 원화와 주가의 폭락을 겪고 있고, 미국도 수입품 가격의 인상으로 인플레 우려가 나온다. 미국은 충격을 염두에 두고 당초 예상됐던 관세율 25% 인상을 우선 10%, 내년에 25%로 단계적으로 부과하기로 낮춘 것으로 보인다.

미국과 중국의 태도가 강경하지만 타협의 가능성이 전혀 없지는 않다. 두 나라가 서로 보완적인 경제 구조를 갖고 있고, 급격하게 관계가 악화해 결별한다면 양측이 모두 심각한 경제적인 타격을 받기 때문이다. 또한 세계 경제에 미칠 영향에 대해 국제사회가 주시하고 있어서 적당한 선에서 협상이 이뤄질 것이라는 분석도 많다. 과격한 정책은 어디에서나 무리를 낳게 마련이지 않은가?

2018. 9. 21.

다시 사회 통합을 갈망하며

○ 한국 사회에서 사회 통합은 오래된 화두이자 숙원이다. 분열과 대립이 이어져 극심한 내부의 혼란과 사회적 비용으로 괴로웠기 때문이다. 건국 전부터 신탁통치와 정부 수립 방법론 등으로 나뉘어 극심한 반목을 겪더니, 대한민국 출범과 한국전쟁으로 잠시 큰 물결로 합쳐지는 듯하다가 정파 갈등, 권력 갈등, 지역 갈등 등이 계속 이어졌다. 부패 정권과 권위주의에 맞서는 과정에서는 4·19와 6·3, 광주 사태 등 엄청난 충돌과 희생, 변혁의 계절을 맞았다. 온 나라의 지반이 들썩거릴 정도의 일대 혼동들이었다. 정권 교체로 이어진 광화문 촛불 사태 이후 이제는 보수와 진보로 나뉘어 국가 전체가 서로 등을 돌리고 으르렁거리고 있다.

자유와 평등은 인류가 오랜 역사를 통해 추구하고 경작해 온 사회적 가치의 양대 축이다. 두 가지 명제가 균형을 이루면 사회를 건전하게 지탱하고 국민의 행복을 증진하는 소중한 기둥이 되는데, 유독 한국에서는 서로 피 터지게 싸움으로써 긴장을 높여왔다. 이율배반성이 있는 만큼 동시 만족은 어렵지만, 서로 견제하고 보완해 나가면 정반합의 원리로 사회 발전의 추동력이 될 수 있다. 그러나 서로 지나치게 경쟁하고 공격하는 대상으로 삼으면 갈등만을 증폭시킨다.

한국의 정치는 아이들에게는 차마 보이기도 민망한 그악스러운 언어로 상대방을 매도하며 공격을 일삼는다. 집권 진보진영에 합류해 있는 운동권 인사들의 투쟁적 성향이 한국 정치를 더 공격적으로 몰았다는 분석은 가슴 아픈 기록으로 남을 것이다. 서로 존중하고 서로 양보하던 전통사회의 미덕은 잠수해버리고, 정략적인 진영 논리만 까칠하게 활개를 치고 있는 것이다. 진보 여당은 보수를 궤멸시키고 50년을 집권하겠다는 무모한 인사를 대표로 뽑았고, 야권은 무너진 진용도 정비하지 못한 채, 전대협 출신 등 주사파에 둘러싸인 정부가 종북 사회주의 국가로 나아간다고 몰아친다.

대통령은 협치를 강조하면서도 의회와 야당을 고비마다 무시해버리는 행태를 보였고, 야권은 대통령의 높은 지지도에 주눅이 들어 제대로의 요구도 못 하면서 내부 갈등까지 겹쳐 속앓이를 거듭하고 있다. 대통령은 야권 없는 판문점 남북 정상회담 이벤트를 국민의 지지를 들며 국회 비준을 요구하고 있고, 야당은 북한의 노림수에 말린다면서 베트남식의 공산화까지 우려한다. 대통령은 국회 청문회 결과를 무시하고 사법부의 수장과 장관 등 요직의 임명을 강행했고, 야권은 정부의 독주를 견제하는 기능에 특단의 전략 없이 빛바랜 정치 공세에만 몰두하고 있다.

청와대는 소득주도 성장론과 최저임금 인상 등 경제정책의 여파로 경기가 바닥인데도(IMF는 올해 성장률이 2.8%, 내년은

2.6%로 떨어진다고 전망) 막무가내이고, 야권은 세계적인 호황에도 한국만 불황이라면서 정부의 실책으로 나라를 망치고 있다고 공격을 퍼붓고 있다. 시민단체 출신들이 주축인 집권층의 경제팀은 국가 경제의 주역들인 재벌의 소유권에 부정적인 입장을 보이고 있고, 야권은 그런 사회주의 성향이 투자를 위축시키고 국가 경제의 미래를 갉아먹는다고 비난한다.

한치의 타협도 없는 대결 양상은 아래로 흘러내려 국가의 모든 하위 조직과 일반 국민들에 만연해, 친정부와 반정부로 완연히 갈려 있다. 행정부와 사법부 공무원 조직도 출신 성분과 과거의 이력 등에 따라 암묵적으로 나뉘어 편 가르기가 횡행하고, 권력기관도 새 술을 넣을 새 부대로 바뀌는 바람을 타고 친정부 성향을 두드러지게 보인다는 지적이 끊이지 않는다. 정권 교체에 따른 정책과 인사의 환치 현상으로서 선진국에서는 보기 드문 지나친 물갈이와 그에 대한 저항이다.

세상의 창문인 언론도 공정성을 잃고 보도와 평론에서 선전매체나 공격수처럼 구역질이 날 정도로 편향적이다. 친여든 친야든 객관성과 공정성을 잃은 언론은 언론이 아니라 독성을 품은 전단이고 선전매체에 불과하다. 옳은 건 옳게, 잘못된 건 잘못으로 판단하고 정도를 걸어야 세상의 목탁으로 기능을 발휘할 수 있다.

자주 인용되는 《가디언》지의 편집장 찰스 스캇이 말한 "평론은 자유이고 사실은 성역이다"라는 표현에서 자유는 방종이 아니고, 피해를 주지 않고 책임을 동반하는, 고도의 절제된 자유를

뜻한다.

경제계, 교육계, 예체능계 등 사회 구석구석까지 분파와 반목, 편애가 성행한다고 전해진다. 친목 모임에서도 온통 누가 어느 편에서 무슨 짓을 했느냐가 화제이다. 온 나라가 운동장에 모여 열띤 경기를 보고 있는 형상이다. 자라는 미래 세대에게 이렇게 오염되고 병든 세상을 물려줄 것인가?

대통령은 엄청난 권력의 정점에 있으므로 사회 통합의 책임을 가장 절실히 느껴야 할 직위이다. 거대한 조직과 예산, 권위, 인사권, 각종 기회를 틀어쥐고 있으므로 마음만 먹으면 어마어마한 파급력을 발휘할 수 있기 때문이다. 대통령에게 남북문제와 경제가 무엇보다 중요할 것이다. 그러나 건강한 사회 통합이 이뤄지지 않고는 그런 어젠다도 온전히 성공하기 힘들고, 설사 어떤 형태의 성취가 이뤄지더라도 뿌리 깊은 나무의 소담한 과실이 될 수 없다. 역사가 그 공과를 명백하고도 준엄하게 평가할 것이다.

의회는 민주주의 사회에서 국가와 사회의 건강한 운동의 산실이자 보루이다. 아무리 삿되거나 정파적인 기도가 파도쳐도 의회주의가 서릿발처럼 준엄하면 제압해버릴 수 있다. 사회 통합이 국민을 행복하게 하고, 건전한 세상을 건설한다는 당위성이 제기되면 당연히 국민의 대의기관인 의회가 나서서 그 민의를 수렴하고 제도적 장치를 마련해야 한다. 이를 게을리하면 직무 태만이고, 직무유기이다. 미국은 가지가지 이질성이 엉켜 난마가 돼 있어도 의회가 서슬 퍼렇게 살아 있어서 부글거리는 난삽한 문제들을 수렴, 여과하므로 그 큰 국가가 건강하게 유지, 번성하고 있다.

사회 통합은 국가의 존재 이유와 관련된 심각한 과제이다. 분열과 갈등으로 갈가리 찢긴 공동체에서 무슨 행복이 깃들겠으며, 행복이 없고 의욕이 나지 않는데 발전의 원동력이 어디에서 솟겠는가? 사회 통합은 나라의 최우선 명제가 아닐 수 없다.

2018. 10. 11.

멀고 험난한 공수처 설치

ㅇ 정치권은 원내 대표 회담 등을 여러 차례 열고 공수처(고위공직자 범죄수사처) 법안 처리 문제를 논의했지만 대립만을 거듭할 뿐 전혀 해법을 찾지 못하고 있다. 민주당은 신속처리안건(패스트트랙)에 올린 대로 기필코 처리하겠다는 강경 입장이고, 한국당은 반대 세력의 말살을 위한 악법이라면서 필사적으로 저지하겠다는 태도여서 타협은 거의 난망이다. 양측이 각각 바늘도 안 들어가는 강경한 주장을 들고 회담에 임하는 건 하나의 절차적 시늉으로밖에 보이지 않는다.

문재인 정권은 노무현 정권부터 숙제인 공수처 법안의 국회 통과에 목을 매고 있어서 현재로서는 강행 처리의 가능성이 크다. 여야 합의처리가 안 되면 패스트트랙의 절차에 따라 국회 본회의에 자동부의를 시키고 표결에 들어갈 공산이 크다. 문희상 국회의장은 29일로 예정된 일정을 일단 연기해 12월 3일 부의하고, 12월 10일 정기국회 폐회 전까지 표결처리할 것임을 야권에 압박했다.

집권 여당은 공수처 설치를 고위공직 사회 정화의 요체이자 검찰 개혁의 핵심으로 내세워 국정의 우선 과제로 삼고 있다. 서초동과 여의도에서 계속 벌이는 지지세력의 대중시위까지 등에 업고 밀어붙이고 있다. 이인영 민주당 원내대표는 28일 국회 대표연설에서 국민이 모두 검찰 개혁을 요구하는데 한국당만 어깃장을 놓으며 반대하고 있다면서 무슨 일이 있어도 반드시 처리하겠다고 주장했다. 문재인 대통령도 지난 22일 예산국회 시정연설에서 여야 의원들 앞에서 공개적으로 공수처 법안의 통과를 요청해 법안 처리를 반대하는 한국당 의원들의 집단적인 가위표(X) 거부신호를 받기도 했다. 대통령이 반대 입장인 의원들에게 입법을 압박하는 언행도 금도가 아니고, 국회 협상으로 처리될 입법 과정을 행정부가 밀어붙이는 일은 더더욱 온당한 태도가 아니다. 좌파 지지세력이 국회 주변에서 거친 시위를 벌이며 정부의 검찰 개혁과 공수처 설치 입법을 협박하는 것은 의회주의를 훼손하는 비민주적인 행동이다.

집권 여당은 한국당(110석)을 제외한 야권을 회유해 과반 찬성의 벽을 넘으려 하지만, 민주당 의원 수가 127명이므로 과반인 149석을 채우기 위한 22석 확보에 안간힘을 쓰고 있다. 공수처 설치를 반대하는 바른미래당(28석)과 선거법안의 우선 처리를 요구하는 정의당(6석), 평화당(4석), 공화당(2석), 민중당(1석), 대안신당(10석), 무소속(8석) 등 진보 야당의 협조를 얻기 위해 정치곡예를 부리고 있는 형국이다. 지난 4월 패스트트랙 파동 당시 야3당과의 합의를 되살리려고 선거법 개정의 동시 처리까지 고려중이다. 막후 회유를 통한 정족수 확보도 정치의 정도가 아니며, 정치공학에 빠져드는 국회에 대한 국민적 신뢰가 얼마나 더 추락할지 부정적인 시각이 많다.

현재의 권력기관 중에서 가장 서슬이 퍼런 검찰의 구조를 대폭 재편하는 일은 헌법 개정에 버금가는 중요한 국가적 정치 일정이다. 국민의 기본권과 관련된 사안이며, 의도적으로 권한을 남용하면 정치와 국정 운영에도 심각한 권력의 치중이 일어나기 때문이다. 나경원 한국당 원내대표가 게슈타포, 친문 홍위병, 반문 보복처, 장기집권사령부 등 과격한 언어로 반발하는 데에 상당한 국민의 공감을 받는 이유이다.

공수처 법안은 첫째, 정예 검사를 25명이나 둘 수 있는 거대 조직에 6천여 고위층에 대한 수사권과 기소권을 모두 갖는 막강한 새 수사기관의 출범이라는 점, 둘째, 공수처장 등의 임명권을 갖는 대통령의 권한이 비대해지는 점과 민변 등 진보적 법조인들의 대거 진출과 전횡 우려, 셋째, 그에 따른 사법부의 장악과 반대 진영의 핍박 등이 우려된다는 것이 야권과 재야의 지적이다. 거기에 검찰의 수사권과 기소권, 청장의 지위에 관한 헌법의 명시를 들어 위헌 소지까지 제기하는 학자들도 있다.

과연 정부 여당이 주장하는 고위 공직자들의 정화에 획기적인 장치가 될지, 무소불위의 대통령 손에 더 막대한 권력을 쥐여주어 세력 강화의 도구로 악용하게 될지 국민의 생각은 갈라져 있고, 상당한 시민들은 회의적이다. 백혜련 안도, 권은혜 안도 검찰 조직의 옥상옥이라는 지적과 수사권과 기소권의 분리라는 검찰 개혁에 어긋난다는 점, 편향적인 인사와 그 부작용에 대한 확실한 견제 장치가 없다는 점에서 여권의 설득력이 부족하다.

공수처 법안은 아직 숙성되지 않은 발상이다. 오늘날 한국 사회에서 반부패에 대한 반감은 누구도 부정할 수 없는 명제이다. 공추처가 오래전부터 하나의 방법으로 논의된 것도 사실이다. 그러나 부패를 막는 방법은 갈고닦지 않으면 또 다른 부작용을 부를 수 있는 양날의 칼인 만큼, 지극히 신중해야 한다. 더구나 한 사람의 운명에 영향을 주는 법의 집행에 관해서야 두말할 여지가 없다.

시급을 다투지 않는 정치는 충분히 숙성시켜서 100%는 아니더라도 다수의 지지를 받을 때 실행해야 효율성도 높고, 부작용도 줄이게 된다. 그것이 정치의 묘미이다. 정치행위는 되돌릴 수가 없는 국가적인 엄중한 일이기 때문이다.

2018. 10. 28.

조정 국면의 북핵 협상

○ 지난달 하순 미국 재무부의 금융담당 수장인 시걸 맨델커 차관의 전화를 받은 한국의 7개 주요 은행은 모골이 송연했을 것이다. 금융위원회나 금융감독원 실무자의 추궁만 받아도 진땀을 빼는 은행으로서는, 한국 정부와 관련 기관을 건너뛴 세계 금융의 힘센 포청천의 전화를 직접 받고 추궁성 질문과 함께 엄중한 경고를 들었으니 상황이 보통 심각했던 것이 아니다. 한국이 국제 제재의 틈새를 타고 대북사업을 적극 추진하고 있어서 제재에 저촉되는지가 관심사였던 만큼, 자칫 세컨더리 제재를 당하면 은행들은 문을 닫거나 동네 점포 수준으로 추락할 수 있었다. 한국 은행들의 외환 업무는 90%가 달러로 결제되고 있어서 미국의 대형은행 계좌가 동결되면 외환거래는 바로 막히고, 북한과의 거래로 폐쇄된 마카오의 방코델타아시아은행 선례처럼 파탄을 맞는다.

맨델커 차관과 모저 부차관보는 한국 은행들과 이틀에 걸친 통화에서 당시 남북 정상회담으로 열을 띤 은행들이 개성공단과 금강산 지점의 재개설, 그리고 수익을 통일기금에 기부하는 포트폴리오의 판매를 준비하는지 등 대북 관련 사업들을 구체적으로 캐물었다. 각각 20여 분간의 통화 말미에서는 대북 제재가 엄중히 살아 있음을 무력시위처럼 무섭게 경고했다.

주한 미국대사관도 지난달 평양에서 열린 남북 정상회담에 동행했던 대기업들에 전화를 걸어 남북 경협사업의 추진 상황을 점검했다. 청와대도 사전에 알고 있었다며 제재와 관련한 으스스한 분위기를 확인했다. 외국 대사관이 주재 정부를 통하지 않고 민감한 정치 문제를 민간기업들에 직접 확인한 것은 이례적이고, 어떤 강력한 의도가 있음을 암시한다.

이러한 정황은 미국의 입장에 두 가지의 의지가 서 있음이 엿보인다. 하나는 미국과 국제사회의 거듭되는 제재 유지 방침에도 불구하고 한국 정부가 앞장서서 북한에 선제적으로 다가가 군사적, 경제적 공동사업을 추진하고 있는 데 대한 불편함의 표현이고, 온건하게 브레이크를 걸고 있는 것이다. 다른 하나는 대북 제재가 확고함을 분명히 함으로써 북핵 협상의 강경 모드를 공시하는 것이다.

한국은 국제 제재가 풀리지 않은 상황에서 동맹국이자 북핵 문제의 핵심 당사국인 미국과 충분한 공조 없이 남북 합의를 추진한다는 인상을 주고 있었다. 그 결과물로 개성에 남북연락사무소를 개설했고, 군사적 완화 조치에 들어갔으며, 개성공단의 재가동과 금강산 관광사업의 재개 의사도 흘리고 있었다. 남북철도사업 점검과 산림 공동사업의 검토도 착수했다. 이들 사업을 추진하려면 중장비와 자재, 유류, 묘목, 인건비 등의 예산 지원이 필수인데, 이는 유엔 제재에 저촉되는 사안들이다.

한미 간의 공조에 있어서 적극적인 협조 의지와 마지못해 구색을 갖추는 행위는 판이하다. 한국 정부는 한미 관계에 불협화음이 없다고 밝히지만, 미국은 한국 정부의 행보가 중재 역할과 화해 제스처가 뒤섞인 채 미분화된 상태로 과도하게 독주하는 듯한 움직임에 민감하게 반응했다. 이는 해당 장관들의 국회 답변 과정에서도 밝혀졌다.

미국은 한국의 주권을 존중하면서도, 상당한 불쾌함을 드러내며 경고음을 보내고 있음도 정부 당국자들을 통해 감지됐다. 미·북 접촉을 끌어낸 공로를 평가하지 않았다면 더 강력한 조치가 나왔을지 모른다. 한미 간의 특수한 관계와 북핵의 긴박한 안보 상황에서 톱니의 일부가 맞지 않는 모양새이다.

자주파들은 한반도 평화를 위해서는 미국의 눈치를 살필 필요가 없다고 볼지 모르나 한반도 주변 정세와 한미 관계를 대국적인 관점에서 전체적인 판도로 파악한다면 그리 단순하게 여길 일은 결코 아니다. 한미 관계는 오늘의 한국으로서는 아무리 강조해도 지나치지 않을 만큼 중요하고, 숙명적이기 때문이다.

미국 입장의 두 번째 두드러진 변화는 대북 협상에서 타결에 방점을 두던 종전의 태도를 바꾸어 북한의 결정을 압박하는 강경한 노선으로의 선회이다. 트럼프 대통령은 중간선거 직후의 한 대중연설에서 북핵 타결을 서두르지 않겠다고 7번이나 반복해 언급함으로써, 미국의 입장은 불변이고, 공은 북한으로 넘어갔다는 뜻을 에둘러 표현했다. 미국이 요구한 핵의 리스트를 내놓고, 사찰받는 핵 폐기를 실행하라고 강공하는 것이다.

미국의 강경한 태도에 북한은 판을 깨는 듯한 그들 특유의 거친 언행은 자제하면서도 조심스럽게 반발의 움직임을 보이고 있다. 재일 조총련계 기관지인 《조선신보》는 10일 미국이 서두르지 않고 현상 유지를 보인다면 구태여 대화할 필요가 없다고 대화중단을 들고 엄포를 놓았다. 《조선신보》는 핵과 경제 병행노선의 부활 가능성을 언급한 북한의 미국연구소장 논평을 언급하며 개인 의견이 아니고 지도부의 의중임을 넌지시 시사했다. 외곽 조직을 통해 폭탄급의 매우 위험한 담론을 던져 간접적으로 탐색하려는 북한의 의중이 읽힌다.

북한은 어렵게 조성된 미·북 담판을 깨버릴 수가 없을 것이다. 다시 핵무장 노선으로 회귀하면 미국 등의 가공할 위협과 압박, 제재가 덮칠 것이 뻔하기 때문이다. 김정은 위원장이 내세운 경제노선도 난관에 봉착할 것이며, 이를 감당하기에는 북한의 사정이 너무 어렵다. 선대 김정일 시대에 핵협정을 깨고 겪은 긴 쇠락도 모를 리가 없다. 더구나 지금은 당시보다 더 엄중한 국제사회의 숨 막히는 제재에 직면해 있고, 무력시위도 재개될 가능성이 크다. 핵에 몰입했던 군부도 달래야 하고, 체제에 훈풍이 스며드는 일도 걱정해야 하겠지만, 당장의 고난이 더 견디기 힘들 것이다.

협상가인 트럼프 대통령은 북한의 노림수를 꿰뚫어 보고 있다고 봐야 한다. 싱가포르 미·북 정상회담 때보다도 훨씬 더 북한의 수를 파악하고 있을 것이며, 다음 대선 전에 김정은 위원장이 들고나올 협상안도 계산해놓고 있다는 짐작이 간다. 김 위원장을 치켜세우는 언변은 상대를 유도, 고무하는 협상 전략이지, 액면 그대로 받아들일 수는 없다. 협상의 기술에서는 상대의 약점을 최대한 활용하고, 지향하는 바를 선점하는 것이 묘책이지 않은가?

문재인 정부는 북핵이 결론을 얻지 못하면 남북관계의 평화적 개선을 위한 노력이 모두 수포로 돌아간다는 인식 아래 북핵 타결에 집중해야 한다. 북핵이 김정은 위원장의 비핵화 다짐에도 불구하고 한반도 상공을 계속 떠돈다면 자유민주주의 질서 아래 한국의 번영과 평화는 강풍 앞의 촛불처럼 흔들릴 것이다.

2018. 11. 12.

국민소득 3만 달러 시대의 명제

o 한국이 새해에 드디어 고대하던 1인당 국민총소득(GNI) 3만 달러 시대에 접어든다. 2만 달러를 넘은 지 12년 만이며, OECD 회원국 중 24번째이다. 1960년에 80여 달러에서 58년 만에 375배로 늘었으니 세계적인 기록이고, 기적적이라고 해도 과언이 아니다. 1997년 IMF 외환위기 사태와 2007년 국제금융위기만 아니었으면 더 일렀을지 모른다. 또 국내의 정치적 불안정과 성장정책의 후퇴가 없었더라도 더 당겨졌지 싶다.

스위스는 일찍이 1987년에, 그리고 일본과 미국, 일부 유럽 국가들은 1990년대에 이미 3만 달러를 넘어섰고, 영국과 프랑스 등 유럽의 선진국들은 2000년대에 달성했다. 2016년 IMF 자료로는 룩셈부르크는 10만 달러 이상을 보였고, 스위스와 카타르, 노르웨이 등은 6만 달러를 넘었다. 미국과 아이슬란드, 덴마크, 싱가포르, 호주, 스웨덴 등은 5만 달러 이상이며, 산마리노, 아일랜드, 네덜란드, 영국, 캐나다, 오스트리아, 핀란드, 홍콩, 독일, 벨기에 등은 4만 달러를 웃돈다.

한국은 아직도 따라갈 대상이 많다. 3만 달러 이상인 나라들은 프랑스와 뉴질랜드, 이스라엘, UAE, 일본, EU, 쿠웨이트, 이탈리아, 브루나이 등으로서 한국을 조금 앞서고 있다. 북한은 1,327달러에 불과해 한국의 1/20도 안 된다.

평생 경제계에 종사하는 한 친구에게 3만 달러 시대를 물었더니 "추운 겨울에 멀리 양지에 비치는 엷은 햇빛"이라는 반응이 돌아왔다. 피부에 와닿지 않는다는 뜻이리라. 기뻐하지 않고 시큰둥한 이유로 세 가지를 꼽을 수 있겠다.

첫째는 너무 늦은 지각이다. 어떻게든 1970년대, 80년대, 90년대 전반같이 나라의 높은 성장동력의 파이를 키웠다면 2000년대 초반에 이미 달성할 수 있는 목표가 아니었을까? 시점이야 꼭 특정할 필요가 있으랴마는 한참이나 늦음으로써 중국 등 후발 주자들의 추격을 따돌리지 못해 오늘날처럼 어려운 경쟁을 벌여야 하는 상황을 맞았다. 잃어버린 20년을 겪은 일본도 추격할 수 있었겠다는 아쉬움도 든다.

둘째는 현재의 경제 상황이 매우 어둡다는 점이다. IMF는 내년의 성장률을 올해보다 더 낮은 2.5%로 전망했고, 2.3%까지 내려 잡는 예상도 있다. 2.3%면 일종의 경제적 추락이다. 2020년의 잠정 성장률이 1%까지 떨어진다는 예측도 있다. 수출주도형인 한국을 견인하던 삼성의 반도체와 휴대폰도 전망이 밝지 않다는 우려가 나오고 있고, 자동차, 조선, 철강, 화학 등도 고전하고 있다. 중소업체들은 심각한 경영난을 호소하고 있고, 실업률도 늘어나고 있으며, 종합산업인 건설도 부동산 시장이 얼어 위축을 걱정한다. 3분기 건설투자는 -6.7%로 외환위기 후 최저이다.

여기에 정부는 정권 초기의 정책에 밀려 에너지 정책의 혼선,

최저임금 인상과 근로 시간제 단축의 후유증, 노동시장의 경직화를 풀어갈 의지를 뚜렷이 보이지 않는다. 이미 많은 문제를 드러낸 탈원전과 소득주도 성장, 대기업 압박 등이 여전히 고래 힘줄처럼 질기고, 대기업을 옥죄는 노동조합과 시민단체들의 입김도 그악스럽다.

현대경제연구원의 여론조사에 따르면 국민의 70.9%가 내년의 경제를 부정적으로 보고 있는데, 문재인 대통령은 17일 첫 확대경제장관회의에서 내년에 일부 경제정책의 성과가 나올 것으로 낙관했다. 대통령은 최근 경제 활성화를 강조하기 시작하지만, 기본의 수정 없는 당부와 현장지도가 얼마나 효과가 있을지 의문이다.

세 번째는 선진형 사회-문화적 토양의 미숙이다. 3만 달러 시대를 제대로 향유하려면 그만큼 시민의식이 높아져야 하며, 사회의 규범과 행위 양식이 건전하게 깔려 있어야 한다. 선진국에서 체감하는 세련미가 부족하다는 뜻이다. 서로 부딪히지 않고 존중해야 세상은 조화롭게 굴러갈 수 있다. 한국인들의 행복지수가 OECD 국가 중 최하위권임은 다분히 사회-문화적 정체성에서 빚어지는 갈등과 충돌, 좌절의 현상으로 보인다.

정치는 정책으로 건전하게 경쟁하기보다 마치 사활을 건 전쟁을 하듯 진흙탕 싸움을 벌인다. 죽여야 산다는 듯한 여야 간의 대결은 비수를 품은 거친 언어가 되어 대중매체를 통해 세상에 범람함으로써 사회 전체를 싸움판으로 만든다. 극단적인 공격성

어휘들에 전 한국 사회는 어디를 가나 지나치게 예민하고 까칠하다. 한국은 전직 대통령을 두 명씩이나 구속했는데, 미국은 최근 전직 대통령의 사망에 공휴일을 선포하고 조기를 달았다.

학교에서는 전교조가 점조직으로 숨어서 도덕과 윤리 대신에 이념 주입에 더 치중하고, 학부모들은 제 자식 편든다고 교직자들을 닦아세운다. 철없는 학생들은 교사에게 폭력을 휘두르고, 동료 학생들을 '왕따'시키면서 폭행한다.

자기들이 정권을 세웠다고 주장하는 민노총은 노사정 협의체에 참여하기를 거부하면서 관련 기관 사무실을 점령해 폭력을 쓰기도 하고, 회원 가입을 강요하며 강압적으로 투쟁에 참여하도록 블랙리스트까지 만든다.

친북 혁명을 모의하다가 복역 중인 인물을 석방하라는 구호가 백주에 거리를 떠돌고, 북한 지도자를 칭송하는 움직임과 주장이 여과 없이 공공방송의 전파를 탄다.

3만 달러 시대에 대한민국호는 어디로 향해야 하는가? 일본과 프랑스, 스페인, 그리스, 베네수엘라, 브라질, 아르헨티나 등은 한때 높았던 GNI의 현저한 감소를 겪었다. 한국도 자칫 정치인들이 포퓰리즘이나 진영논리에 계속 빠진다면 그 꼴이 될 수 있다는 우려의 소리가 높다. 국제경제의 환경은 더 날카로워져 가고, 국내의 기업 풍토도 가시밭길이다. 위기 대처 능력이 시험대에 오른 상황이다.

희망은 이기주의와 아집을 버려야 보인다. 여권은 진영논리와 공약에서 자유로워야 창의가 나오며, 타협에 의한 통합에 접근할 수 있다. 공약에 천착한다든가, 문제성을 고집하면 정치와 정책의 반경은 좁아지기 마련이다. 공약과 지론도 국민과 국가를 위한 것들이지 않았나? 여론을 수렴해서 변신할 줄 알아야 포용력과 정치력이 커진다.

야권도 이제는 무기력을 훌훌 털고 대안정당으로서의 면모를 갖춰나갈 때다. 활기차게 정책을 내놓든, 견제의 싸움닭이 되든 국민과 국가만을 바라보며 배전의 힘을 발휘해야 한다. 특정인을 위한 정치, 건전한 비판이 아닌 식상한 공격으로는 다중의 공감을 얻지 못한다. 야권의 취약함은 곧 여권의 실족으로 이어지는 만큼 곧게 일어서야 국민에게 보답하는 길이다. 정권까지 내준 계파 갈등, 분파 작용을 청산하고 서로의 과오를 인정하면서 정책으로 승부를 내야 한다.

정치가 맑아져야 사회가 밝아지고, 정치가 건전해야 사회가 품위를 찾는다. 정치가 서로 존중해야 사회가 예의를 차리게 되고, 정치가 온화해야 사회가 따듯해진다. 그만큼 정치는 영향력이 크고 나라를 이끌어갈 위치에 있다. 역으로 국민은 집단이기주의를 버리고 건강한 판단으로 훌륭한 정치인과 정책을 지지해야 바람직한 정치를 유도할 수 있다.

2018. 12. 17.

2장

2019년 <전반기>

오늘의 한국에
국가란 무엇인가?

o 국가는 국민으로부터 힘을 받아 그 힘으로 국민을 보호하고 나름의 삶을 온전하게 영유하게 한다. 거꾸로 국민은 국가를 튼튼하게 건설해 놓아야 그 안에서 편안하게 살면서 끊임없이 발전해 나간다.

이런 상식적인 이치가 새삼 떠오르는 이유가 무엇일까? 플라톤의 저서 『국가(Politeia)』와 공자의 『논어』 이래 인류가 꾸준히 '국가란 무엇인가'라는 테마로 고뇌하면서 여러 형태의 사회를 발전시켜 왔는데, 오늘 다시 '한국에 국가란 무엇인가'의 명제에 빠져드는 이유는 무엇일까?

대한민국이 대내외적으로 심각한 위기를 맞고 있기 때문이다. 대외적으로는 북핵이 서슬 퍼렇게 위협하고 있고, 미·중 분쟁 등 주변 정세는 요동치고 있으며, 국제경제 환경도 숨 막히게 압박해 오고 있다. 자칫 실족하면 국가 명운에 치명상을 입을 수 있는 상황이다. 내부에서는 갈등지수가 치솟아 통합의 에너지는 바닥으로 떨어지고, 경제 운용의 미숙으로 성장동력은 날이 갈수록 허약해지고 있다. 위기의 먹구름이 몰려오는데 사회는 그런 위기의식조차 무디다. 공허한 구호와 집단이기주의, 정쟁만이 판치고 있는 형국이다.

북핵은 이미 한국에 무시하지 못할 만큼 악영향을 끼치고 있다. 남한의 한 개 시도만도 못한 규모이고, 실패한 이념으로써 지독한 독재를 자행하고 있는 북한을 저자세로 상대할 수밖에 없는 상황이 그것이다. 한국은 남북 대치의 실질적인 무장해제는 없고 선언적인 평화만 오가는데도 이미 대북 전선을 많이 완화하지 않았나? 남쪽과 북쪽이 내세우는 비핵화와 평화의 개념도 명백히 다른데, 양측은 입을 모아 평화를 합창하고 있다. 미국이 북한에 핵보유국의 지위를 인정해 주고, 주한미군의 규모에 변화라도 생기면 한국은 북한과 오랫동안 비대칭 안보를 감당해야 한다. 과거 북한의 거친 행태로 보면 한국의 국가적 스트레스가 얼마나 심대할지 불을 보듯 뻔하다. 진정한 평화는 불안 요인이 확실히 제거돼야 깃드는 유동성 형질이지 않은가.

한국 사회는 지금 한쪽으로 기울어져 있다. 정부는 시장과 기업의 활성화보다 노동계와 시민사회단체, 서민 정책에 올인하고 있는 것으로 비친다. 복지도 포퓰리즘 인상이 짙은 현금 잔치보다 제도적으로 지원하는 방안이 안정적이고 생산적이라는 지적에 귀를 기울여야 맞다. 자본주의 시장경제 체제에서 국가의 기능은 만능이 아니라 북돋아 주는 데 더 치중해야 하는 원리는 불문율이다.

나라의 계층 간 갈등도 심화 일로의 양상이다. 평등은 자유와 함께 인류가 발전시킨 지고한 가치이다. 서민과 중소기업에 대한 따듯한 손길을 누구도 막지 못한다. 그러나 자유주의 시장경제의 국가 정체성과 기업 활동의 자유가 담보되지 않으면 복지는 공염불이 되고 만다.

대통령은 한 연설에서 한국이 빈부격차가 가장 심한 나라로 말했지만, 실제로는 그렇게 표현할 정도는 아니다. 빈부격차를 나타내는 지니 계수는 0.316(2018년 판 유엔 인간개발보고서)으로 세계 206개 국가 중 비교 가능 국가 156국 가운데 28위이고, 미국(0.4)과 일본, 중국보다 양호하다. 또 다른 지수인 팔마 비율과 퀀타일 비율도 독일이나 일본 수준이다. 빈곤층을 부추기는 불만의 확산보다 전향적으로 문제를 풀어가려는 동기 부여가 세상을 바꾸지 않겠는가?

플라톤은 "진정한 지도자는 자신의 이익을 위해서가 아니라 국민의 이익을 위해서 복무한다"라고 설파했다. 그 말 속의 '자신의 이익'은 개인의 이익만이 아니라 넓은 의미로 주변과 소속 집단, 진영의 이익도 포함한다. 선출직 공직자가 공약이나 지지세력을 의식하고 부작용이 큰 정책을 무리하게 밀고 나가는 일도 여기에 해당한다.

탈원전이나 최저임금 인상을 포함한 소득주도 성장론, 스튜어드십 코드 등이 그런 사례이다. 정책이 스스로는 옳다고 여기더라도 국가적인 차원의 상당한 저항과 맞닥뜨려지면 깊은 고민의 과정을 거쳐야 부작용을 피할 수 있다. 설득과 타협으로도 해결책이 나오지 않으면 저돌적인 돌파보다 물러설 줄 알아야 현명하다.

한국당은 다음 달 27일의 전당대회를 앞두고 심각한 내홍으로 빨려가고 있다. 국민이 그토록 경멸하는 진흙탕 싸움의 시작이다. 건실한 선의의 경쟁 대신 상대를 죽이고 그 위에 올라서려는 치졸한 싸움을 벌임으로써 국정의 한 축인 공당이 스스로 전력을 소진하고 있다. 김병준 비대위원장은 황교안, 오세훈, 홍준표 예상 후보의 불출마를 공개적으로 거론하고, 홍준표 전 대표는 황교안, 오세훈을 깎아내리려고 군 복무 면제와 2년 동안 당 기여도를 언급하며 독설을 퍼붓는다. 누가 당권을 잡더라도 그 후유증을 피할 수 없을 것이다.

치열한 경쟁의 장을 일으켜 전당대회 효과(Convention Effect)를 얻겠다는 기대도 오산이다. 국민은 후보들 간의 역겨운 인신공격이나 계파싸움에는 식상하고 지겹다. 제1야당의 새 체제 구성을 앞두고 출중한 정견과 리더십이 선을 보일 때 다중의 관심은 모일 것이다. 후보들이 국가를 어떤 방향으로 일으키겠다는 원대한 비전과 당을 어떻게 이끌어 나갈지 신선한 포부를 내놓지 않으면 국민의 지지는 멀어질 것이다.

국가라는 거대한 실체 아래에는 다양한 성향의 국민과 각양각색의 이해타산이 상존한다. 때로는 긍정적이기도 하지만 때로는 부정적이다. 질서 안에서 평화롭기도 하고, 충돌도 빚는다. 국가는 그 모든 것을 포용해야 한다. 국민이 일으키는 힘찬 에너지를 받아 강해지고, 내부의 부패와 갈등으로 허약해지기도 한다. 그런 잣대로 이 시대를 재단한다면 지금은 너무나 부정적이다.

나라 안에서의 경쟁과 개혁이 건전하고 미래지향적일 때는 오히려 바람직하다. 그러나 그것들이 국가의 기본에 흠집을 내든지, 골격에 손상을 입히면 국가도 아프고, 국민도 괴롭다. 이 모든 증상은 정치인들을 비롯한 지도자들의 역할이고 책임이다.

사회가 밝고 평화로우며, 희망에 부풀어 의욕이 넘칠 때 국가의 형세는 번창한다.

2019. 1. 24.

한국, 정쟁의 혼돈에 대비해야

한국 사회가 극심한 정쟁의 소용돌이 속으로 빠져들어 갈 조짐이 보인다. 보수와 진보의 대결은 극에 달할 것이고, 정치권의 충돌과 대중의 소요로 국가의 기능도 부분적으로 마비되거나 힘이 빠지지 않을까 우려된다. 그런 사회적 비용은 쇠고기 파동과 탄핵 사태 때 경험해 봐서 쉽게 짐작이 간다.

김경수 경남지사의 유죄선고와 손혜원 의원의 이해충돌 스캔들, 한국당의 5·18 공청회 등 몇몇 정치적 사태에 대처하는 여야의 강공 모드가 그런 혼란의 개연성을 암시한다. 김경수 지사에게 유죄가 선고되자 민주당은 벌 떼처럼 일어나 성창호 재판장과 사법부를 '적폐 세력의 보복'이라는 프레임으로 몰아 난타했다. 대통령 수사를 언급하는 야권을 촛불 세력에 대한 도전이라고 맹공했다. 시비곡직을 따지기보다 정치성을 덮어씌우는 여권의 전략은 사법부 압박과 '야권에 재갈 물리기'라고 반발하는 야권의 거센 저항을 불렀고, 이는 정치계절을 앞둔 여야의 피할 수 없는 격전의 전초전이다.

한국당의 김진태 의원 등이 주도한 5·18 공청회에 대해 여권이 들고일어나 한국당을 몰아세운 것은 여권이 정국의 주도권을 쥐는 반격이 되었다. 전당대회를 앞두고 컨벤션 효과를 기대한 한국당으로서는 미·북 간의 하노이 회담이 전당대회 일정과 겹치는 일과 함께 곤혹스러운 악재이다. 광주 사태에 북한군이 개입했다는 극우 인사의 발언이 한국당을 궁지에 몰아넣은 것이다.

한국당도 대여 투쟁에서 쉽게 공격의 고삐를 늦추지 않을 것이다. 전당대회를 앞두고 후보들의 선명성과 투쟁 역량을 겨루는 데 선명성은 좋은 방편이 될 것이며, 전당대회 이후에도 새 지도 체제가 지도력을 형성하는 과정과 내년의 총선, 다음 대선에까지 이어질 것이다.

집권 진영에서는 기회만 있으면 촛불혁명을 언급해서 지지세력의 결집과 대중의 응원을 간접으로 호소한다. 이는 나라의 안정이라는 측면에서 불안을 높인다는 부정적인 우려를 낳는다. 기울어진 운동장이 경제적인 악재로 서서히 평형으로 이동하고 태극기 세력이 모여 촛불에 대항하면 두 세력의 맞대결은 불을 보듯 뻔하다. 작은 시비에서 불붙는 우발적인 충돌도 걱정이며, 물리적이 아닐지라도 타협이 실종된 유무형의 태풍급 맞닥트림은 나라의 비용이고 손실이다.

협상의 실종은 문재인 정권 내내 회복될 성싶지 않다. 문 대통령의 편집성이 언급되기도 하지만, 한동안 높은 지지로 출범한 정권의 태생적 체질이 집권 세력의 오만을 키웠다는 분석도 무시할 수 없다. 인사청문회를 묵살하는 등 국회를 존중하지 않는 행보와 야당의 요구를 백안시하는 태도는 쉽게 고쳐지지 않을 것 같다.

정쟁에 덜 휘둘리는 공중이 오늘의 희망이다. 공중은 대중과 달리 시류에 가볍게 흔들리지 않는다. 사안을 건전하게 판단할 수 있는 상식을 갖추고 있고, 명분과 주관을 중시한다. 겉으로 잘 보이지 않지만 한국 사회에 빙산처럼 수면 아래 두껍게 자리하고 있다. 나라의 중심을 잡는 소중한 자산이며, 한국의 내공이다.

2019. 2. 13.

역사가
미래를 계시하게 하라

○ 안국역 플랫폼에 내려가면 벽면이 온통 흰색으로 도배돼 있다. 그 위에 독립운동가들의 언행이 빼빼 돌아가며 가득하다. 익숙한 의인들의 명언들도 있어서 반갑기도 하고, 생소한 분들의 모르던 기록도 보여준다. 상해 임시정부 수립 100주년이라면서 지난해부터 디데이 표지판까지 큼지막하게 설치해 놨다. 처음에는 한두 번 관심이 갔지만 자주 보니까 무심해지고, 어떤 때는 지겹다. 너무 하얀색으로 칠한 데다가 옛날 사람들의 빛바랜 사진들이 죽 늘어서 있어서 한밤중에 지나갈 때는 과거로 돌아갔나, 하면서 섬　한 분위기가 느껴진다. 안국역에는 일본 관광객들이 많은 곳이라 손님들인 그들이 어떻게 여길지도 걱정된다.

요즈음 방송이나 신문에는 독립운동에 관련된 프로그램이나 글들이 넘쳐난다. 흥미를 돋우는 경우도 가끔 있지만, 대부분은 너무 지나쳐서 어떤 의도가 작용했을 것이라고 의심될 때가 많다. 갑자기 독립운동의 시대로 시계가 되돌아갔나 싶기도 하고, "다시 독립을 해야 되나"라는 우스갯소리가 나올 정도이다.

역사는 잊을 수도 없고, 잊어서도 안 된다. 오늘의 뿌리이자 과거의 잘못을 되풀이하지 않고 교훈으로 삼기 위해서다. 그러나 과거를 잊지 말자고 과거로 회귀하면 더욱 안 된다. 지나치게 천착하다 보면 대중의 혼이 암울했던 과거에 머물게 될까 우려되는 것이다.

역사는 조용히, 그러나 깊이 기념해야 되고, 그 경험을 새겨서 오늘과 미래의 밑거름으로 삼을 때 의미가 있다. 그래서 세세한 사실 그 자체보다 시대의 배경과 정신이 중요한 것이다. 자유주의의 대표적인 역사가 로빈 조지 콜링우드는 『역사의 이데아』라는 책에서 역사는 그 사실과 사유(해석)의 공동영역임을 강조하며, 사유가 없는 역사는 죽음이라고 보았다. 사실보다 그 사실들을 낳은 시대적 배경과 오늘과의 연관성에 방점을 둔 것이다.

진보진영에서 임시정부를 치켜세우는 것은 민족주의를 고취시켜 대중을 우군으로 끌어들이려는 전략인 것으로 여겨진다. 그러나 민족주의는 18세기 영국에서 발아해서 19세기에 가장 풍미했고, 20세기까지에도 성행했던 보수적인 이데올로기이며, 진보 성향과는 맞지 않는다. 오늘날은 국수적인 민족주의보다 국가 이익을 바탕으로 하는 진취적인 글로벌주의가 시대정신이다.

상해 임시정부 수립을 건국일로 보는 프레임과 이승만을 제치고 김구를 추앙하는 이유도 일맥상통한다. 안국동 사거리에서 감고당길로 들어가는 입구에는 김구 선생의 사진전이 상설되다시피 열린다. 시민단체들이 계속 전시해서 정치적 의도가 엿보인다. 김구를 띄우고, 통일을 연관시키며, 친북·반미를 고조시키는 진보세력의 노선이 읽힌다. 아시아의 최빈국에서 10위권 경제 중진국으로 끌어올린 박정희 전 대통령은 진보정권이 들어선 뒤로는 친일 프레임 등으로 무시되고 있다.

역사를 이념적 관점에서 해석하면 왜곡되고 뒤틀린다. 역사관은 치우치지 않고 보편성을 갖춰야 불변의 진리가 된다. 일제강점기와 해방 후의 친일 역사관이 호된 비판을 받는 이유도 거기에 있다. 건국 시점의 논쟁도 보편성의 잣대로 보면 간단히 풀릴 문제다. 영토와 국민, 안보와 정부 조직 등 국가로서의 체제를 제대로 갖추고 출범해야 세계가 인정하는 정식 국가가 된다. 독립을 준비하기 위해 임시로 설치한 정부의 모형을 대한민국의 공식적인 정부 수립보다 상위에 놓을 수 있을까?

이승만 초대 대통령은 부패를 제압하지 못해 물러나긴 했지만, 해방 후 극심한 혼란 속에서도 자유민주주의의 독립된 국가를 어엿하게 출범시킨 점과 한국전 당시 유엔을 끌어들여 백척간두의 나라를 지킨 점, 한미 동맹으로 냉전시대 붉은 마수를 막아낸 안보의 우산과 지지대를 확보한 업적은 절대 과소평가할 수 없다. 현학적인 인물 김용옥이 "이승만을 국립묘지의 무덤에서 파내버려야 한다"라고 한 말은 무분별한 망발이다. 건국 대통령 이승만과 남침의 괴수 김일성을 동률로 놓고, 각각 미국과 소련의 하수인으로 표현한 말도 사실관계가 맞지 않고, 대한민국 국민과 국가를 모독한 망언이다.

박정희 전 대통령의 폄하도 세계가 비웃을 것이다. 미국 시카고학파의 태두 밀턴 프리드먼 교수를 비롯한 세계적인 경제학자들이 한결같이 "미스터리"라며 놀라워하는 한강의 기적을 주도하지 않았는가? 잘한 일은 인정하고, 열린 자세로 개혁할 일을 찾는 게 진보의 올바른 길이다.

진보 성향의 역사학자 에드워드 카는 『역사란 무엇인가』라는 저서에서 역사는 사실 자체만도 아니고, 역사가의 주관 속에서만 존재하지도 않는다는 논리를 세웠다. 그는 역사를 '현재와 과거의 끊임없는 대화'라고 규정했다. 현재를 도외시한 역사적 사실은 무의미하다는 뜻이다. 현재의 우리 사회가 건전하게 발전하는 데 역사에서 유익한 교훈과 암시를 받을 때 과거의 역사가 가치가 있다는 점을 상기시켜준다.

대한민국의 역사는 굴절과 질곡의 연속이었다. 그리고 한국인들은 그런 역사를 극복하고 오늘의 굴기를 이뤄냈다. 역사는 오늘의 아버지이자 어머니이다. 역사를 곰파서 오늘을 심판하기보다 굴곡과 기복의 역사가 오늘의 곤궁을 다시 헤쳐나가 빛나는 미래를 창출하도록 방향과 지혜를 제시하도록 해야 한다.

불안한 안보를 어떻게 다질 수 있을 것인가, 치열한 경쟁을 뚫고 어떻게 경제적 성장과 고른 번영을 이루어 낼 것인가 하는 요체가 역사에 담겨 있다. 역사를 미루어 보면 해답의 방향과 단초가 보인다. 역사의 계시에 치열한 노력과 창의를 더하면 대한민국은 또다시 위대한 역사를 만들어나갈 것이다.

역사를 날카롭게 노려보지만 말고, 열린 시각으로 바라보자. 그리고 진솔하게 귀를 기울이자.

2019. 3. 25.

한국과 일본 모두 이성을 찾자

○ 일본의 백색 국가 배제가 몰고 온 한국과 일본의 갈등이 최악의 사태로 증폭됐다. 무력 충돌은 아니지만 건국 이래 가장 위험한 경제적 대결로 치달은 것이다. 이제는 두 나라 간의 분쟁을 넘어서 동북아의 정세와 세계 경제에도 악영향이 우려될 지경이다. 동북아 정세에서는 한·미·일 동맹체제에 부분적인 균열이 나타나고, 세계 경제의 한 축을 견인해온 극동의 지역경제도 흔들고 있다. 한국과 일본은 등을 돌려 반대 방향으로 달리고 있고, 미국은 방관하고 있어서 앞으로도 상당한 기간 더 악화되면 됐지, 극적으로 수습될 조짐은 보이지 않는다.

두 나라가 전쟁을 벌이거나 국교 단절까지는 가지 않을 것이므로 결국 어떤 모양으로든 봉합은 되겠지만, 양측이 서로 역린을 거스르는 공격을 퍼부어 이미 치유가 쉽지 않은 상처를 냈다. 한·미·일 안보체제는 이전으로 돌아가기에는 금이 너무 깊게 파였고, 경제에도 벌써 위축 현상이 뚜렷하다. 경제의 손실지수는 나중에 계산되겠지만 시장의 실물 경제는 증권, 환율, 공장 가동률, 도소매업종 등 많은 부분에서 분명히 저기압권에 들어섰다. 어처구니없는 사태 발전이고 대응이었다. 위안부 협정 파기와 징용 판결도 대국적이지 못했고, 일본의 보복과 한국의 강경 대응도 국제사회의 매너를 벗어난 낮은 수준의 국제정치였다.

아베 총리가 지난 1월 한국을 백색 국가에서 제외하는 방안을 지시했을 때는 한국의 위안부 협정 파기와 징용 판결에 분노해 보복심리가 강하게 작용했을 것이다. 그러한 일본의 불만은 그동안 여러 가지 신호를 보내왔었는데, 한국의 촉수는 무디었다. 아베 총리는 보복을 통해 지지도를 높이고 헌법 개정 등 극우적인 정치 노선을 구현하겠다는 노림수를 품었을 것이다. 또 자기들은 잃어버린 20년의 후유증이 아직 괴로우므로 한국의 산업적인 기세를 꺾어야 한다는 견제심리도 숨겨져 있을 법하다. 그러나 일부의 주장대로 경제를 무기로 삼아 한국을 손아귀에 넣겠다, 단번에 제압해 버리겠다는 제국주의적 의도를 의심하는 것은 너무 앞선 추측이고, 오늘의 국제 정세로는 가능하지도 않다.

문재인 대통령이 지난 2일 일본의 백색 국가 해제 후 바로 소집한 국무회의에서 "우리는 일본에 다시는 지지 않을 것이며, 승리의 역사를 만들겠다"라고 한 말은 출전 선언만큼 수위가 높았다. 그 외에도 대통령은 "12척의 관옥선이 남아 있다"라는 이순신 장군의 장계를 언급하고, 여권 지도부가 '경제 침략', '토착 왜구', '죽창가', '친일 세력', '일본제품 불매운동' 등 민족주의를 부추기는 원색적인 언어들을 쏟아낸 일은 투쟁 의지를 고취하는 적의를 담고 있어서 과열 양상을 띠었다.

당연히 일본의 반한 분노도 자극되고 있다. 이러한 감성적인 표현은 한국인이면 누구나 공감하기 쉬운 외침이다. 그러나 그런 선동적인 언어는 사태를 더욱 악화시켰고, 오히려 문제 해결의 가능성을 걷어찬 형국이 되었다.

일본 측은 대화하자는 한국의 요구를 거절하고, 상대조차 하지 않는다. 겉으로 욕하면서 타협하자는 태도는 선진적인 협상과 타협의 자세가 아니라고 보는 것이다. 협상하지 않고 자존감만 채우면 속은 시원하겠지만, 남는 건 뼈아픈 손실이다. 더구나 냉엄한 국제관계에서 상대를 인정하지 않고, 자기 입장만 내세우면 타협은 불가능하다. 양보할 카드가 감지될 때 협상은 시작되기 때문이다.

이번 한일 간의 현안은 현실적으로 한국의 발등에 떨어진 불이고, 일본 측이 그런 점까지 검토해서 계획한 공격이었다. 그런데도 지금까지 한국에서 내놓은 반격은 일본을 꺾기에는 역부족인 것들이다. WTO 제소도 승패를 떠나 당장의 불을 끌 수 없고, 역내 국제회의에서 일본을 비난해도 효험은 미미하다. 일본은 국제사회에서 5대 신사의 나라 대우를 받는 판국인데, 다른 나라들이 한국의 주장에 수긍하더라도 일본의 의지를 돌리도록 적극 돕는 일은 우리의 외교력으로는 미치지 못하는 목표이다.

미국을 지렛대로 삼기 위해 한일군사정보협정(GSOMIA)의 파기를 들고나와도 일본이 우위인 군사기밀의 교환 조항이 핵심인 만큼, 우리가 큰소리칠 사안도 아니고, 미국의 신경만 건드리지 않을까 우려된다. 일본의 막강한 로비 역량으로 미국은 일본을 먼저 바라보지 한국 편이라고 할 수 없는 게 현실 아닌가.

일본이 가장 아파할 카드는 일본이 언제라도 기술과 경제를 무기화해서 제국주의 국가로 변신할 것이라는 국제적 우려를 높이는 것이다. 그것은 세계로 뻗어 있는 일본 경제의 아킬레스건일 수 있다. 또 한 가지는 아베 총리의 정치 노선이 국제질서와 세계평화에 역행하는 시대착오적인 극우의 부활임을 일본 국내와 국제사회에 각인시키는 일이다. 일본을 다시 '칼의 나라'가 아니고 조용한 '국화의 나라'로 지향하도록 일깨워 주는 것이다.

홍남기 부총리가 발표한 정부의 대책은 한국도 일본을 백색 국가에서 제외한다는 맞대응과 관련 업계를 지원하겠다는 것이 주요 내용이다. 맞대응은 일본을 움직일 만한 위력이 없다는 것이 시장의 반응이다. 정부의 지원책은 예상되는 손실을 보전해주는 방안과 소재 개발을 촉진하는 재정적 보조, 그리고 세제상의 면제와 절차 간소화가 골자이다. 어려운 기업의 지원은 필요하고 약간의 도움은 될 것이다.

그러나 보조금으로 필수 소재를 구할 수가 없고, 고도의 기술이 개발되려면 긴 시간이 걸리며, 공장들이 가동을 중단해야 할 상황이 다가오므로 당장은 큰 도움이 되지 않는 현실이 문제이다. 정부는 그런 미봉책이 아니고 근본적으로 어떻게 하든 일본이 백색 국가에 한국을 다시 지정하도록 총력외교를 펴서 성과를 얻어내야 한다.

한국과 일본은 치아와 입술의 관계라고 한다. 프랑스와 독일처럼, 스웨덴과 핀란드처럼, 미국과 캐나다처럼, 한국과 일본도 과거를 말끔히 씻고 가까운 이웃으로 다시 시작하는 계기를 마련하라는 것이 양 정상에게 요구하는 시대의 뜻이고, 국가와 지구촌의 명령이다.

2019. 8. 3.

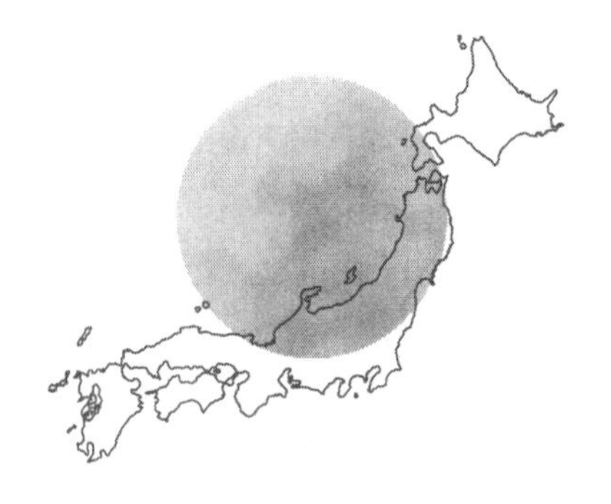

정치인과
그 직책의 미분화

ㅇ 부동산 투기 의혹으로 물러난 김의겸 전 청와대 대변인이 춘추관 기자실에 들러 털어놓았다는 말은 놀랍다 못해 우려를 낳았다. 그는 부동산 매입이 아내가 자신과는 상의 없이 저지른 일이며, 자신이 알았을 때는 되돌릴 수 없는 지경이었다고 책임을 돌렸다. 멀리 떨어진 은행의 지점장인 학교 동문을 통해 자필서명까지 제출하며 특혜성 융자를 받았음에도 몰랐다는 변명은 믿어지지 않는다. 이런 사사로운 질척거림은 너무 치졸해서 혀를 차며 넘길 수 있다. 그러나 그의 언론관은 그냥 간과할 수 없는 심각성을 띠고 있다.

그는 "보수 언론들이 만들어 내는 논리에는 정면으로 반박하고 싶었고, 다른 언론사들의 잘못된 주장에도 휩쓸리지 말라고 외치고 싶었다"라고 주장했다. 모든 국민의 중심인 청와대를 대변하는 인물이 한편에 치우쳐 있었고, 공격적이었던 것이다. "기자들이 싫은 게 아니고, 여러분 뒤에 있는 보도 책임자들을 의식하지 않을 수 없었다, 데스크의 지시를 한 번 더 의심하고, 한 번 더 생각한 뒤에 기사를 쓰라"라고 기자와 회사를 분열시키는 듯한 언어로 감히 언론을 가르치려 했다.

대단히 위험한 사고이고, 도그마에 찌든 의식이다. 청와대 대변인이 정파나 진영 논리로 비우호적인 언론에 적대감을 품고 지도하려 했다는 사실과 과거 그의 편협성 발표와 논평이 그런 사고에서 나왔음을 단번에 알 수 있게 한다.

그는 미 전략문제연구소(CSIS)가 13개 핵미사일 기지를 북한이 갖고 있다는 보고서를 내자 "북한이 미사일 기지를 폐기하겠다고 한 일이 없다"라고 두둔해 북한 대변인이라는 비아냥을 받았고, 청와대의 일개 행정관이 육군 참모총장을 밖으로 불러내서 만난 것을 두고 "대통령 비서가 총장을 만나지 못할 이유가 없다"라고 해 군의 위계와 사기를 떨어뜨렸으며, 내부고발에 의해 터진 청와대 특검반의 사찰 의혹에 "미꾸라지가 물 흐린다, 우리는 민간 사찰의 DNA가 없다"라고 잡아뗐다. 대통령의 입인 그가 야권의 공세와 불리한 사안을 여지없이 공격한 사례들이다.

물러난 한 루키 정치인의 언행은 국민에게 그리 중요하지 않다. 문제는 그런 인물이 한동안 국가를 경영하고 대표하는 국가 원수의 입으로서 대통령의 정치 행위가 나가고 들어오는 창구였다는 사실이다. 더구나 문재인 대통령은 그를 매우 신임했고, 여론이 악화되자 정치적인 계산으로 마지못해 사퇴시켰다고 알려져 더 놀랍다.

대통령은 진영이나 정권의 대통령만이 아니다. 온 국민의 지도자이고, 반대파의 대통령도 돼야 한다. 대선에서 얻은 41.4%의 지지표만 아니라 지지하지 않은 58.6%의 국민도 포용하고 존중해야 하는 자리이다. 인사와 정책에서 지지층과 진영에 지나치게 편중한다는 인상을 받기 때문에 반대파의 비호감과 분노가 높아지고 있는 것이다.

그럼에도 불구하고 대통령은 아직도 운동권과 시민단체, 이익단체, 일부 지역 등에 정치를 치중하고 있다는 인상을 주고 있다. 보수와 진보로 나누고, 내 편 네 편을 따져 살갑거나 미워하는 정치를 한다는 것은 경세가의 자세가 아니다. 보수 언론도 대한민국의 언론이고, 진보 언론도 정치 성향이 더 심하지만 한국 언론의 일부이다. 모두를 순화시켜 대한민국호의 돛을 달고 노를 저어가도록 이끌어 나가는 역할이 지도자의 덕목이다.

문재인 정권은 박근혜 전 대통령의 탄핵 사태로 큰 수혜를 봤지만, 공짜 점심시간은 지속되지 않는다. 계속 쌓이는 경제적 실정과 안보적 불안은 족쇄가 돼 빠르게 조여올 수 있다. 지지의 힘을 물리적으로 끌어올리려는 망상이 있다면 큰 착각이다.

국민의 지지는 좋은 정책으로 감동을 줄 때 가능하다는 예는 우리의 현대 정치사에서도 쉽게 읽힌다. 여론조사 결과 지지율이 43%로 내려갔는데, 30%대로 더 내려가면 정권의 곳곳에서 용종이 불거졌다는 역사의 교훈 앞에 겸허해야 한다. 20년, 50년, 또는 100년 집권 운운하는 오만함을 부리면 그야말로 하루아침에 무너질 수도 있다. 민심은 변화무쌍하고, 정치는 무섭다.

대통령은 문재인 개인이 아니고 어마어마한 중책을 지닌 기능으로 봐야 한다. 직책을 엄중히 여긴다면 감히 사심이나 진영, 정권에 빠져 있을 엄두가 나지 않을 것이다. 대한민국의 사직과 온 국민, 한반도의 역사성을 떠올리면 어느 틈새에 그런 사적인 이해가 끼어들 수 있겠는가?

마찬가지로 국민도 대통령이나 공직자들을 사사롭게 보지 말고 그 직책으로 봐야 한다. 사람을 좋아하고 미워할 게 아니고, 그 직책이 제대로 역할을 하는지를 평가해야 한다. 그래야 제대로 주권을 갖는 것이고, 주권을 행사하는 것이다. 정치인을 감성적으로 좋아서 뽑겠다고 하면 인물과 직책이 미분화돼 있어서 정치적으로는 유치원생이나 다름없다. 그런 수준이면 한국의 민주화는 아직 요원하다.

2019. 3. 30.

미국과 북한 간 담판의 관전법

o 하노이의 미국-북한 정상회담이 결렬된 배경에는 북측이 스스로의 계책에 매몰돼 미국이라는 슈퍼파워의 존재감을 등한시한 오판이 웅크리고 있다. 김정은 위원장은 트럼프 대통령을 대등한 입장에서 맞짱 뜨려는 수준에서 한발 더 나아가 포커 놀음과 같은 따먹기 게임의 대상으로 삼은 것이다. 말랑말랑해 보이는 트럼프 대통령을 상대로 자신의 패는 감추고 무리한 배팅을 결행한 것이다. 팔을 가볍게 두드려주며(Patting) 친밀감을 표시하고, 상대를 추켜세워주는 의도적인 제스처를 과대평가했는지 모른다. 협상의 소프트웨어인 의제보다 먼저 하드웨어인 대좌의 매너에서부터 장애물이 도사리고 있었던 셈이다.

국가 간 협상이라 해도 테이블 매너가 있는 법이고, 서로의 입장이 상대가 받아들일 수 있는 범위 안에 들어 있어야 절충이 이뤄진다. 세계 최강국 대통령을 상대로 진솔하게 나오지 않고, 교활한 게임을 밀어붙이겠다는 발상은 일종의 치기였다.

미국 대통령은 트럼프 개인만이 아니고 세계를 들여다보는 참모진과 국무성을 비롯한 유관기관, 의회와 언론, 300여 개의 싱크탱크 등 우수한 두뇌집단의 직간접적인 지원을 받고 있다. 미국이 지구 위에서 가장 불신을 받는 정권의 술책에 넘어가기를 기대하는 망상은 바늘구멍으로 들보를 집어넣으려는 꼴이다. 새 핵시설을 숨기고, 유용성이 의심되는 영변의 낡은 핵시설 폐기를 담보로 주요 제재를 풀어달라고 요구한 것은 너무 단순한 노림수이자 무리수였다.

국제정치는 두 개로 된 수레바퀴의 원리로 돌아간다. 평등원칙과 힘의 위세이다. 민주사회의 인권과 같이 오늘날 개개의 국가는 평등한 국권을 갖는다. 이상주의자들은 이 원리만을 추구하려 할 것이다. 그러나 현실적으로는 군사력과 경제력 등 막강한 대국의 영향권을 벗어나기 힘든 것도 엄연한 실정이다. 국제질서는 자결권과 독립성을 인정하지만, 보이지 않게 국제적 역학관계의 메커니즘을 따라 움직이기 마련인 것이다. 미국이 지구촌의 리더로 군림하고 있는 배경에는 어느 나라도 대적할 수 없는 무적의 국력이 있기 때문에 가능하지 않은가?

미국과 북한 간 국력의 차이는 비교도 안 될 정도로 크다. 미국의 명목상 국민총생산은 18조 달러가 넘는데(2017년 월드뱅크), 북한은 그 1,000분의 1 수준인 174억 달러(2015년 기준)로 추정된다. 1인당 총생산은 미국이 4만2,000달러(2018년 IMF) 수준인데, 북한은 겨우 648달러(2015년 기준)로 알려져 있다. 핵 보유수는 미국이 1,000여 기인데, 북한은 조악한 26기를 갖고 있다는 추측이 있을 뿐이다. 국방비는 미국이 전 예산의 4.3%인 7,000여억 달러인데, 북한은 23%나 쏟아부어도 그 70분의 1인 100억 달러 남짓이다.

트럼프 대통령이 김정은 위원장을 상대로 핵 담판을 벌이는 것은 미국이 북한과 대화 상대가 될 만해서가 아니지 않은가. 하도 그악스럽게 적대시하면서 시제품 정도의 핵으로 위협을 계속해 댔기 때문에 트럼프 대통령은 강도 높은 제재와 위협으로 압박을 펴나가고 있었다. 이에 견디기 힘들었던 김 위원장이 대화와 타협의 신호를 보냄으로써 협상 테이블이 펴진 것이다. 최소한의 희생도 내지 않으면서 골칫거리를 해결하면 하나의 업적으로 삼겠다는 계산이었다. 그렇다면 북한은 미국이 받아들일 수 있도록 진지한 태도로 나와야 그들이 처한 곤궁을 타개할 수 있지 않겠는가?

김정은 위원장은 비핵화를 하겠다고 미국과 한국 대통령에게 거듭 다짐했다. 공개된 연설로도 약속했다. 그런 다짐과 약속에 진정성이 담겨 있다면 지금처럼 감추거나 찔끔거리면 안 된다. 비핵화를 확실하게 실행하면 제재의 해제는 물론, 경제적 지원과 안보-외교의 보장도 받게 한다는 것이 트럼프 대통령의 입장인 만큼, 거기에서 김 위원장이 머뭇거린다면 스스로 비핵화 의지가 없음을 자인하는 결과가 된다.

김 위원장에게 비핵화는 이제 선택지가 아니라 발등 위의 불이다. 비핵화를 피하거나 미루면 주민들의 생활과 정권 유지가 위태로워진다. 북한의 경제는 거의 발작을 일으킬 정도로 궁핍한 상태라고 전해진다. 2016년에는 북한의 국민총생산율이 3.9%까지 올랐는데, 국제 제재 후 지난해에는 -3.5%였고, 올해는 더 악화해 -5%를 기록할 것으로 예상된다. 한국이 지난해 GDP 성장률이 0.4% 떨어지는데도 체감 불경기가 매우 높게 느껴졌는데, -5%로 떨어진다면 북한의 고통은 상상을 초월할 것이다.

트럼프 대통령의 정치 스타일은 여러 가지 변수를 능란하게 휘두르는 편이라 어떤 곤경을 북한에 더 안길지 예측하기 힘들다. 최근 동창리에서 핵 관련 움직임이 다시 포착됐다는 정보에 트럼프 대통령이 "매우 실망할 것"이라고 논평한 것은 완곡하게 표현했지만, 상황에 따라서는 미·북 대화 이전으로 돌아가 다시 제재와 압박을 강화할 가능성을 에둘러 표현한 느낌을 준다.

미국의 보수 매파들은 김정은 정권을 지구상에서 사라져야 할 괴물로 보는 시각이 많다. 핵의 위협만이 아니라 대량 살상 화학무기의 보유와 악랄한 인권 유린에 극도의 혐오감을 갖고 있다. 사회주의의 실패로 주민들이 궁핍에 떠는 마지막 현장이라는 인식도 비호감을 더한다.

김정은 정권이 그나마 급하게 붕괴되지 않을 궁여지책은 핵을 포기하고 인권 탄압을 개선하면서 국제사회에 동참하는 길밖에 없다. 물론 자유의 물결이 흘러 들어가 주민들의 불만이 폭발할 것을 우려하겠지만, 언젠가는 겪어야 할 시련으로 보고 일찍 감당하는 게 낫지 않을까? 북한에는 이미 580여만 개의 휴대폰이 사용되고 있고, 470여 개의 장마당이 열리고 있어서 주민들의 귀와 눈을 막는 차단과 통제의 통치는 머지않아 걷잡을 수 없이 허물어질지 모른다.

한국 정부는 미·북 협상이 결렬된 뒤에도 계속 중재하려는 의욕을 보인다. 통일부 장관의 경질에서도 문재인 대통령의 적극적인 대북 드라이브의 의도가 느껴진다. 김연철 후보자는 제재 완화론자이며, 남북 경협 추진에 적극적이다. 그러나 미국은 금강산 관광과 개성공단의 재가동을 분명히 반대하고 있어서 그 조율이 쉽지 않을 것으로 보인다.

2019. 3. 11.

패스트트랙 파동의 손익계산서

○ 선거제도 개혁 법안과 공수처 설치 법안의 안건 신속처리제도, 패스트트랙(Fast track) 처리 사태는 한국 정치의 일대 참사였다. 진보와 보수로 갈린 정국에서 여권 카르텔로 보수 세력을 대표하는 제1야당을 입법 과정에서 물리적으로 따돌리는 시도 자체가 비정상적이었다. 더구나 헌법 개정에 버금가는 의회 구성의 기초공사와 수사 권력의 재편 같은 민감하고 중요한 제도를 강제 입법하려는 기도는 여야의 대충돌과 파동을 부를 것이 불을 보듯 뻔한 수순이었다. 그럼에도 불구하고 여권은 대통령까지 시급하다고 촉구하는 추경 예산안 등 민생법안의 심의를 목전에 두고 의회주의의 기본인 협상을 저버리고 독주를 강행한 것이다. 그 결과는 여야 대립과 정치지형을 가르는 분수령이 되었다.

여야 간 대치의 골은 깊이 파였고, 국회의 기능은 상당 기간 정체될 것이며, 대결의 정치는 심화할 것이다. 내년 4월의 총선까지 이어질 험준한 전선의 빌미로도 작용할 것이다. 여야의 현역 의원들이 무더기로 고발된 이번 사태는 뒷날 국회가 정상화된 뒤에도 그 후유증은 오랫동안 상처로 남을 것이다. 국가적으로도 적잖은 손실이다.

객관적으로 보면 사보임과 전자결재, 회의장 변경 등은 법적인

하자를 피했다 하더라도 정치적으로는 옳지 않고, 법 정신에도 부합하지 않는다. 패스트트랙은 원래 국제 통상의 협약을 복잡한 자국 내 추인 과정에서의 지체를 피하기 위해 긴급히 원용한 제도로서, 큰 저항이 없는 경우에 많이 활용된 제도였다. 야권의 극렬한 반대를 무릅쓰고 두 법안을 무리하게 밀어붙인 여권의 의도는 아무리 합리화로 포장해도 법철학을 도외시한 낮은 계책이었고, 민주적이지 않았다. 좁은 빈틈을 이용한 편법이자 담합이었기 때문이다.

국회 선진화법과 패스트트랙의 기본 정신은 제1야당을, 또는 소수를 제압하기 위해서 제정된 것이 아니다. 오히려 그런 장치를 마련해서 의회정치에서 폭력을 배제하고, 긴급한 의안을 처리할 수 있게 가능성을 열어 놓은 제도이다. 이제 '동물국회'가 부활했고, 일방통행의 전례를 남겼으므로 국회 선진화법과 패스트트랙은 멍이 깊게 들어 사실상 사문화의 처지가 되었다.

민주당은 패스트트랙 지정 후 승리감으로 자축했고, 청와대에서도 반긴 것으로 전해진다. 특히 공수처 법안과 수사권 조정을 주도해온 문재인 대통령의 복심이며, 주역으로 알려진 조국 민정수석은 SNS를 통해 그런 속내를 내비쳤다. 과연 그렇게 축배를 들고 기뻐할 일일까?

우선 한국당이 결사투쟁의 결의로 거리로 뛰쳐나가 국회는 정상화의 기약 없이 마비 상태에 들어갔다. 한국당에 민생을 챙기기 위해 의회로 돌아오라는 여권의 압박은 공허한 산울림에 불과하다. 황교안 대표는 지난 4일 세종문화회관 앞 장외집회에서 "죽을 각오로 투쟁하겠다. 두드려 맞으며 자유민주주의를 지키고, 국민이 잘사는 나라를 만들기 위해 정말 피를 흘리겠다"고까지 장렬한 투지를 토해냈다. 한국당 의원 6명은 삭발 시위까지 벌였고, 대표가 이끄는 시위는 부산에서 시작해 전국을 도는 항의 및 민생 투어를 계속한다. 여권이 폄하하듯 찻잔 속의 태풍 수준이 아니고, 시간이 흐르면 소멸될 일과성도 아닐 것이다. 야권이 결사항쟁을 내걸고 장외로 나선 것은 문재인 정권에서는 처음이고, 여야 간의 치열한 충돌의 시작이어서 그 고압권의 진로가 심상치 않다.

집권 민주당 내부에서도 검찰 출신인 금태섭, 조응천 의원 등이 공수처 법안에 공개적으로 반대하고 나섰고, 다른 간부들도 물밑에서 그에 동조하는 부류가 있는 것으로 전해진다. 문무일 검찰총장도 수사권 조정 법안에 반대하자 검찰의 집단 불만이 웅성거리고 있다. 문무일 총장은 4일 인천공항으로 귀국해 곧 자세한 의견을 제시하겠다고 밝힌 만큼, 내부 숙의를 거쳐 검찰의 집단적인 반대 기류를 모아 개진할 것으로 보인다. 검찰을 회유하기 위해 청와대와 여권의 강도 높은 압박과 회유가 예상되지만, 검찰은 검찰권의 축소에 쉽게 동의하지 않을 것이다. 조국 민정수석은 법안 처리는 국회의 몫이라지만, 다 알 만한 그런 레토릭(수사학)은 들끓는 검찰의 반발을 잠재우기에 설득력이 약하다.

민주당은 선거제와 공수처 법안을 패스트트랙에 태워 그 개혁의 가능성에 한 발 내디딘 일과 소수 3당을 우군화한 전술, 청와대의 의중을 밀어붙인 강행, 한국당을 코너로 몬 작전을 성과로 평가할 것이다. 그러나 그러한 단견보다 실점이 더 커 보임을 간과하면 안 된다. 보수의 결집을 자극한 일과 법안 자체에 대한 문제의식을 높인 점도 부담이다. 국회 폭력의 재등장과 파행의 책임을 한국당에 떠넘기려 하지만, 근원적인 책임은 패스트트랙의 강행에 있음은 삼척동자도 알 수 있는 상식이다. 이런 요인들이 쌓여서 민심 이반으로 나타난다.

문재인 대통령은 최근 사회 원로들과 대화에서 적폐 청산은 살아 있는 수사라 어쩔 수 없다면서 '선 청산 후 협치'라는 원칙을 밝혔다. 운동권과 시민단체 출신들이 떠받치고 있는 정권의 속성상 어쩔 수 없는 사정으로 이해되지만, 민주세력의 성격과 국가운영은 대국적인 견지에서 보면 일치하지 않는다.

이해찬 민주당 대표는 여야가 패스트트랙으로 대치하고 있을 때 제1야당인 한국당의 원내대표에게 반말로 "너, 나한테 혼나 볼래?"라고 겁주는 식의 언어를 사용했다. 이 대표는 또 자신은 이제 정치를 그만할 입장이니 야당 의원들의 불법을 자기 이름으로 반드시 고발하겠다는 말을 공개적으로 밝혔다. 그런 정치 행위의 온당성은 고사하고 여당 대표의 책임성과 언어의 비속함을 지적하는 소리가 높다.

한국당은 패스트트랙 파동으로 강한 투쟁 동력을 얻은 것으로 보인다. 보수세력의 응집과 황교안 지도체제의 확립도 눈에 띈다.

그러나 거리 정치는 하나의 극한투쟁 방식이다. 타협이 불가할 때 상대를 압박하는 마지막 수단이다. 어떻게 하든 협상의 끈을 놓아서는 곤란하다. 문재인 대통령과 황교안 대표의 영수 회담도 하나의 방책으로 고려할 만하다.

2019. 5. 7.

여론조사를 믿을 수 있는가?

○ 정치 관련 여론조사의 신뢰도가 낙하 중이다. "여론조사 결과의 발표를 믿을 수 있을까?", 또는 "신뢰가 가지 않는다"라는 회의의 목소리가 높아지고 있다. 심지어 교묘하게 조작됐을 가능성을 의심하는 눈초리도 늘어나고 있다.

이런 의구심은 여론조사 질문서에 의도적으로 수식어를 집어넣어 불순한 결과를 유도했다는 비판이 일어나 증폭됐다. 리얼미터가 지난달 국회 인사청문회에서 과도한 증권투자 등으로 야권의 집중포화를 받던 이미선 헌법재판관 후보에 대해 15일과 18일 두 차례 여론조사를 실시하고 발표한 것이 도화선이 되었다. 1차 조사에서는 이미선 후보의 적격성을 단순하게 물어 찬성 28%, 반대 54.6%의 결과가 나왔다. 그 3일 뒤 같은 질문에 문재인 대통령의 재심 요구와 문 대통령의 지명이라는 수식어를 앞에 붙여 물은 결과 찬성이 15%나 늘어난 43%로 올라갔다.

의뢰기관은 다르지만, 한 조사기관에서 그렇게 서둘러 비슷한 조사를 실시한 점도 상식적이지 않았다. 그러고도 리얼미터의 대표는 방송에 출연해 "동일한 소재의 복수 정보는 흐름의 분석에 문제가 없다"라고 강변했다. 여론조사 방법론의 기본에 한참 벗어난 어처구니없는 주장이다.

여론조사는 계량화하기가 대단히 어려운 인간 심리와 사회현상을 측정하는 고도의 전문적 작업이다. 인간들의 태도와 의견, 신념과 판단, 그리고 정신적 경향을 완벽하게 추출해서 수치화한다는 일은 거의 불가능하다, 환경과 상황, 이해에 따라서 유동적이고, 측정하는 방법에도 예민하며, 계수화하는 기술에도 민감하기 때문이다. 그럼에도 사회과학은 사회구성원들의 의사와 태도를 수학적으로 측정하는 방법을 꾸준히 발전시켜 왔다. 아직도 그 과학성에 의문을 안고 있지만, 최근에는 정치적 판단과 사회진단, 기업의 홍보에 활용도가 높아지고 있다.

특히 한국에서는 정치인과 정당의 지지도, 정치 이슈에 대한 여론조사가 점점 빈번하게 이뤄지고 있다. 정교하게 준비되지 않은 듯한 인상을 주는 그런 여론조사는 정치세력에 의해 넘치게 활용되고 있고, 여론의 조성으로도 피드백된다. 문제는 조사의 신뢰성인데, 최근에 같은 날 같은 주제로 실시된 여론조사의 결과가 조사기관에 따라 큰 차이를 보이는 것은 조사방법상의 미숙이나 편견(Bias)이 들어갔음을 웅변으로 말해준다.

지난 8일 KBS가 한국리서치와 실시한 조사에서는 더불어민주당과 자유한국당에 대한 국민의 지지도가 34.7% 대 21.7%인데, TBS가 리얼미터와 실시한 조사에서는 36.4% 대 34.8%였다. 문재인 대통령의 국정 수행에 대한 호감과 비호감도 KBS와 TBS, SBS의 조사가 오차범위이긴 하지만 각각 다르다. 환경운동연합이 지난달 17일에 4대강 가운데 금강과 영산강의 보 해체에 대해 여론조사를 실시한 결과 응답자의 81.8%가 찬성했다고 발표했다. 이는 지난 2월 환경부 조사평가위의 44.3%보다 훨씬 높다. 보 철거를 주장하는 단체의 조사인 만큼 자기들의 입장에 유리하게 조사가 이뤄졌을 것이라는 의심이 깊을 수밖에 없다. 실제로 질문서에는 환경부가 보 철거를 계획하는 이유를 죽 나열하고 그에 대한 답변자의 의견을 물어서 답변자의 생각을 유도한 것으로 지적되고 있다.

여론조사에서 바이어스가 작용할 여지와 기회는 얼마든지 있다. 모집단의 선정과 샘플링에서도 어떤 이해 당사자에 유리한 선정이 가능하다. 지역과 연령, 성별 등을 특정할 때부터 세균의 침투 가능성은 열려 있다. 예를 들어 휴대폰 사용자가 비교적 많은 젊은 층이 조사에 다수 응답하면 그 젊은 세대의 지지가 두터운 측이 유리하다. 전화 조사에서 65세 이상 노령층의 의견 채취를 배제하면 노인층의 의사는 불리하고, 기성세대의 지지 대상은 상대적으로 불리하다. 실제로 노인들이 조사기관의 전화를 받고 나이를 대답하면 전화 연결이 끊어져 버린다는 경험담이 상당히 많은 실정이다.

가장 민감한 부분은 질문서다. 어떤 방향으로 질문하는가에 따라 조사 결과를 결정적으로 바꾸어 놓을 수 있다. 문장이 특정한 방향으로 치중하든지, 수식 문장이나 수식 단어를 붙이면 답변자의 의견은 조사자가 의도한 방향으로 괄목할 만큼 유도된다. 심지어 질문 순서를 바꾸거나 형용사나 부사 한 자를 추가해도 답변은 놀랍게 달라진다. 물론 개념어의 사용이나 변경만으로도 답변이 크게 다를 수 있다.

그래서 질문서의 작성은 심리학과 사회학, 정치와 경제, 법률 등 전문가들의 참여나 자문을 받아 객관적이고도 정교하게 다듬어야 굴곡되지 않은 적확한 여론이 채취될 것이다. 더구나 객관성을 벗어나 조사기관의 의도가 작용한 오염된 여론이 제시되면 그것은 분명히 사회적인 죄악이다. 그 왜곡된 자료를 근거로 정치와 정책이 이뤄지고, 사회에 커다란 악영향을 미치기 때문이다.

문재인 정권은 여론의 지지를 어느 정권보다 중시하고, 내세운다. 촛불시위 이후 높은 지지도를 십분 활용해왔고, 앞으로도 민중의 지지를 껴안고 정치를 펴려는 전략이 엿보인다. 문재인 대통령은 지난주 취임 2주년에 즈음한 KBS와의 대담에서도 질문자인 송현정 기자가 야당이 주장하는 "독재자"라는 말을 듣고 어떻게 느꼈냐고 묻자 "촛불 민심으로 탄생한 정부를 좌파 독재라고 하는 것은 맞지 않다"라면서 어이없다는 표정으로 반응했다. 그만큼 민중을 의식하고 있다는 방증이다. 송 기자의 질문을 문제 삼아 융단 폭격을 해대는 일부 친문 네티즌 지지층에 대해서 여권이 방관하는 태도도 같은 맥락으로 읽힌다. 민중은 바람에 휩쓸리는 구름 같고, 비에 젖으면 무너지는 모래성일 수 있음을 집권층은 새겨야 할 것이다.

현대 사회과학의 대부인 막스 베버는 사회과학의 방법론에서 가치중립, 몰가치론(Wertfreiheit)을 외쳤다. 그것은 그만큼 사회

과학에서 가치중립이 과학이기 위한 핵심적 과제라는 의미일 것이다. 여론조사에서 어떤 의도나 지향이 들어가면 그 결과의 가치는 땅에 떨어지고, 그에 의존하는 모든 정치와 정책은 허구이며, 헛발질이다. 따라서 가치중립은 여론조사기관의 종사자들이 가장 명심해야 할 덕목이고 원칙이다. 어떤 바이어스도 침범하지 않도록 하면서 객관적이고 생생한 자료를 생산할 수 있도록 탐구적인 자세를 잃지 말아야 한다. 아울러 외부에서 조직적으로 여론조작을 획책하지 못하도록 감시와 긴장을 게을리하지 않아야 공공성을 갖는 기관으로서 건전한 기능을 다 할 것이다.

바이어스가 들어간 여론조사를 실시한 측은 기필코 혹독한 책임을 져야 할 것이다.

아울러 이제는 한국 사회가 불확실하고 무정형의 여론정치, 거리정치를 잠재우고 확실한 제도의 계승과 개선에 역점을 둔 상식의 정치, 이성적인 정치, 타협의 정치로 돌아와야 한다, 그래야 나라가 안정되고, 그 위에서 평화와 발전을 차근차근 이룩할 수 있다.

2019. 5. 12.

홍콩 주민들의 자유주의 열망

ㅇ 지금 남지나 지역에서 생성돼 꿈틀거리는 태풍의 위세가 지구촌을 놀라게 하고 있다. 그 태풍이 큰 세력으로 발전할지, 기압골에 묻혀 소멸해버릴지 아직 예단키는 어렵다. 홍콩 주민 740만여 명 중 100만~140만여 명이 잇따라 거리로 쏟아져 나온 매머드급 저항이어서 그 여파가 간단치 않다. 시위는 친 중국 정부 측의 범죄인 인도법안 제정 시도에 반대해서 일어났지만, 시위의 배경에는 중국 정부의 간섭을 거부하는 주민들의 뿌리 깊은 반발과 불안감이 깔려 있어서 더 복잡하다.

사태가 심각해지자 캐리 람 홍콩 행정장관은 15일 회견을 열고 고집스럽게 추진했던 문제의 송환법안 처리를 잠정 중단한다고 밝혀 주민들과 물리적 충돌은 일단 피했다. 17일(월)에 예정됐던 시위도 철회됐다. 홍콩에 인접한 광동성 선전으로 급히 내려온 한정 중국 공산당 정치국 상무위원의 지시가 있었다고 알려졌다. 그러나 람 장관은 법안의 철폐가 아니고 중단이라고 주장하고 있고, 주민들은 폐기 처분과 람 장관의 사퇴를 요구하고 있어서 갈등이 완전히 소멸되지 않았으며, 16일도 홍콩 섬의 코스웨이베이 등에서는 시위 중 자살한 주민을 추도해 검은 상복을 입은 140만여 명이 참가한 대규모의 '검은 시위'를 계속했다.

시위의 발단은 타이완에서 홍콩 출신 천둥지가 역시 홍콩 출신 여자친구를 살해하고 홍콩으로 도주한 사건으로 촉발됐다. 살인범은 홍콩에서 체포됐지만, 홍콩과 타이완은 범인 인도협정이 없어서 타이완으로 범인을 인계할 수 없었고, 홍콩 당국은 이참에 해외로 범인을 인도할 수 있도록 이른바 '송환 법'을 제정하겠다고 나서면서 불씨가 됐다.

홍콩 주민들은 그 법안이 중국 정부에 비협조적인 홍콩인들을 본토로 넘기려는 정치적 의도가 있다고 의심하면서 반발이 폭발했다. 실제로 중국 시진핑 주석의 사생활을 폭로하는 책을 낸 '천중서국' 출판인 야오원텐은 선전에서 체포돼 징역을 살고 있다. '시진핑의 6 여인들'이라는 중국 대륙에서 금지된 서적의 출판을 기획한 서점 '퉁로완'의 주주 5명도 실종됐었다. 그중 한 명은 아직도 행방불명이어서 이번 사태의 화약이 되었다. 타이완 당국이 살인범 천둥지의 송환이 불필요하다고 해도 법안을 철회하지 않는 이유가 따로 있다는 것이 주민들의 주장이다.

그보다 더 근본적으로는 주민들의 거센 저항이 불붙은 저변에 '송환 법' 제정 이상의 우려와 불신이 자리 잡고 있다. 홍콩 시민들은 홍콩의 장래에 대한 깊은 불안감을 갖고 있어서 언제라도 터질 수 있는 화약고였던 것이다. 그 불안 때문에 상당한 주민들의 엑소더스가 미국과 캐나다, 싱가포르 등지로 이미 상당히 진행되고 있는 것도 현실이다.

아편전쟁으로 99년간 조차된 홍콩을 중국에 되돌려주는 1997

년 영국과 중국의 협정은 50년 동안 1국 2체제를 보장하기로 명시돼 있다. 영국의 통치에서 중국에 돌려주더라도 홍콩에는 국제무역의 허브로서 시장 자본주의가 유지되도록 하고, 홍콩인들에 의한 자치를 허용하기로 분명히 했다. 그 기간이 27년 뒤인 2047년에 끝나므로 주민들의 걱정이 점차 고조되고 있는 것이다. 이미 2003년의 보안법 제정 파동과 2017년의 '우산혁명'을 부른 행정장관 선출 문제 갈등에서 중국 정부의 간섭에 대한 주민들의 알레르기 반응은 폭발한 바 있다. '홍콩인에 의한 홍콩의 통치'라는 협정의 원칙에 맞지 않는다는 주장이었다.

홍콩에는 대기업으로 성장한 홍콩 기업만 아니라 다국적 기업, 중소 자영업들이 자본주의 경제체제를 구가하며 번영을 계속해왔다. 2018년에는 GDP 3,500억 달러에 4만8,000달러의 GNI를 기록하며 GNI가 만 달러 이하 수준인 중국 본토와 큰 차이를 보이고 있다. 이런 자유주의 체제가 기업의 말단까지 공산당원의 통제를 받는 중국 경제와 화학적으로 통합되려면 상당한 불협화음과 거부 반응이 불가피할 것이다.

홍콩은 중국의 개방과 성장 드라이브의 전초기지 역할을 톡톡히 했다. 덩샤오핑이 개방정책을 펴면서 가장 먼저 홍콩 인근 선전에 경제특별구역을 지정했다. 유명한 흑묘백묘론, 검은 고양이든 흰 고양이든 쥐만 잡으면 된다는 개방정책의 포문을 연 곳도 선전이었다. 홍콩의 자본과 기술, 노하우를 끌어들이는 포석이었다. 선전이 중국 경제를 견인하고, IT 산업의 메카가 된 배경에는 홍콩이라는 하나의 큰 젖줄이 있었다. 그런 홍콩이 시진핑 주석의 팽창주의와 1인 지도체제 강화에 상처를 주고 있다. 홍콩의 검은 시위로 가장 손해를 본 장본인은 시진핑 주석이라는 평도 나왔다.

홍콩 주민들의 시민파워는 홍콩의 장래를 결정 짓는 하나의 변수로 떠오른 듯하다. 27년의 시간이 남아 있어서 상황이 어떻게 변할지는 예단할 수는 없지만, 중국이 현재와 같은 수정사회주의, 국가자본주의 체제를 유지한다면 홍콩의 행정 관리와 경제체제를 본토에 그대로 흡수하기는 무리일 것으로 보인다. 권력으로 홍콩을 완전히 통제하는 방법은 홍콩 주민들의 자유주의에 길들여진 성향으로 보아 급류를 거스르는 일처럼 힘든 역사가 될 터이고, 많은 희생도 부를 수 있다. 현재처럼 주권은 중국에 두더라도 자치제와 자유경제 시스템을 상당히 인정하는 타협이 해결 방안일지 모른다.

1839년 아편전쟁의 결과로 영국의 통치에 들어갔을 당시 7,500여 명의 주민들이 흩어져 살던 어촌, 1,100제곱킬로미터의 피폐했던 도서가 오늘의 아시아의 진주로 번창해 중국은 물론, 세계의 이목을 집중시키고 있는 것이다.

2019. 6. 17.

3장

2019년 <후반기>

조국 법무장관 임명은 성공할까?

○ 청와대를 떠난 조국 전 민정수석이 법무부 장관에 임명될 것 같다. 내정설이 유력하고, 문재인 대통령의 정치 행태로 보아 국회 청문회 결과와 관계없이 입각은 기정사실로 여겨지고 있다. 원리대로라면 인사권자인 대통령이 필요하다고 보는 인사를 기용해 국정에 보좌를 받겠다는데 반대할 일은 아니다. 그러나 대선 후보 시절부터 마음에 두었다고, 코드가 맞는다고 정치적, 사법적인 우려를 무릅쓰고 각료의 임명을 강행한다면 순리도 아니고, 심각한 부작용도 걱정된다.

각료는 청와대 비서와는 격이 다른 헌법기관이다. 막중한 국사를 논의하는 국무위원이고, 휘하 부서를 지휘해서 정책을 입안, 실행하는 국정의 중책이 부여된다. 국무회의에서 실세로서 영향력을 발휘할 수도 있고, 장관의 말 한마디, 서류 한 구절에 국민의 삶과 나라의 형편이 크게 좌우된다. 법무부는 특히 국민의 활동 반경과 사회 질서를 규정하는 국가 규범을 쥐락펴락할 수도 있는 중요한 부서이다. 서슬이 퍼런 권력기관인 검찰을 지휘할 뿐 아니라, 전체 사법계에 음양으로 영향력이 크다. 정교하고 건전한 규범의 유무와 기능은 공동체의 안전과 평화, 활기에 결정적인 요인이며 바로미터가 된다.

조국이란 인물은 누구인가?

그는 파격의 대명사이다. 우선 서울법대 교수로서 진리를 탐구하고 청년들을 교육시키는 상아탑에 근거를 두고서 정치 행위를 자주 벌였다. 두드러진 폴리페서(현실 정치에 적극적으로 참여하는 교수)였다. 민주당의 전신인 새정치민주연합의 혁신위원으로 활동했고, 정치색이 짙은 진보적 시민단체 참여연대의 운영위원이었으며, 정치인 못지않은 정략적인 발언도 굽이굽이에 쏟아냈다. 학자들도 국가를 위해 연마한 지식으로 국가 운영에 일조하는 것은 자연스러운 일이다. 그러나 교육자가 캠퍼스에 발을 딛고 서서 내놓고 편향성 짙은 정치 행위를 한다면 상아탑은 세속의 이해에 엮여 부식해 들어가고, 나라의 미래인 학생들은 정치 공학에 오염된다.

조국 전 민정수석이 재임 당시 주어진 업무를 바르고 철저하게 수행하지 못했다는 지적도 야권만의 주장은 아니다. 주 임무인 인사 검증의 미흡으로, 또는 경시로 국회 청문회를 통과하지 못한 장관급 인사의 수가 16명으로 역대 최다였다. 청문회 결과를 불문하고 대통령이 고위 공직자의 임명을 강행하게 함으로써 청와대에 정치적 부담을 주었다.

원래 대통령의 뜻이었는지는 알 수 없으나 대법원장과 서울중앙지검장, 검찰총장 등을 두 단계씩이나 위계를 뛰어넘는 파격 인사를 단행하게 함으로써 법조계 질서에 충격을 주었다. 그 외에도 중앙선거관리위의 실권자인 상임위원과 헌법재판관, 대법관의 임명에서 우리법연구회 출신 등 진보적 인물들을 편중 임명하는 데 조역을 수행함으로써 보수진영의 반발을 일으켰다. 궁극적으로는 대통령의 인사권 행사지만, 보좌하는 소관 참모의 역할도 적지 않은 것이다.

휘하의 중급 비서관이 군 참모총장을 민간 음식점으로 불러냈고, 그러다가 기밀 서류도 분실했다. 중급 비서관의 뒷배는 물론 수석이지 않을까? 직속 부하 한 비서관은 정부의 블랙리스트에 청와대의 개입이 있었다는 공익제보로 관계 장관이 사퇴하는 등 정관계를 뒤흔든 태풍급 물의도 빚었다. 본연의 임무 중 하나인 청와대 친인척 관리에서 대통령 딸의 부동산 정리와 해외 이주의 의혹도 불거졌다. 이런 문제들은 직무 과실의 책임이 무거운 사안이지만, 대통령의 신임으로 잠재워졌다는 평판을 받았다.

그의 SNS 정치는 괴이했다. 조용히 대통령을 보좌할 비서가 심심하면 독자적으로 야권을 힐난했다. 대통령의 비서가 헌법기관인 국회의원과 정당을 상대로 시비나 싸움을 벌일 수 있는가? 일본이 백색 국가 지정을 풀겠다고 밝히자 SNS에 폭풍처럼 민족주의를 선동하는 문구를 올렸다. "대법원의 일본 징용 보상판결을 반대하면 친일파"라는 프레임으로 다른 의견들을 덮어씌워서 친정인 서울법대 교수들까지 집단으로 비난하고 나서는 일을 당했다. 일본군과 싸웠던 동학군의 노래 '죽창가'를 부르자는 식으로 반일감정을 부추기기도 했다. 분명히 자연인 조국의 사적인 활동이 아니고, 청와대 고위 참모의 분별없는 탈선이었다.

사사로운 일이나 평범한 소재도 아니고 국가의 중차대한 이해가 걸려 있는 심각하고 예민한 외교 문제였고, 민족 감정만으로는 풀 수 없는 복잡다단한 경제 문제였다. 외교부나 산업통상자원부 등 공식기구에서 전문적으로 심도 있게 논의해서 해당 당국자가 신중하게 발표해야 할 일을 그렇게 대중을 선동하고 나섰음을 국제사회가 어떻게 보았을지 부끄러운 일이다. 그는 전문가도 아니고, 정치인도 아니지 않은가. 비판의 소리를 들어도 우겨서 선동정치를 이어갔고, 청와대를 나와서도 숨을 고를 겨를도 없이 SNS를 통해 국민을 친일과 반일로 가르는 대중 정치를 폈다.

조국 전 수석은 적폐 청산이 자신의 소임임을 밝힌 적이 있다. 검찰과 경찰의 개혁 또한 그의 주도로 이뤄지고 있음을 대통령도 시사했다. 그렇다면 적폐 청산의 대상이 진보냐, 보수냐에 따라 공정하지 못했다는 비판에 그는 명쾌하게 답해야 한다. 검·경 개혁안을 밀어붙이기 위한 패스트트랙으로 국회가 파국으로 치달았다는 야권의 주장에도 반격이나 변명, 주장이 아닌 진솔하고 합리적인 입장 표명이 있어야 한다. 왜냐하면 그가 봉직한 청와대는 여권이나 그에 동조하는 사람만이 아니라, 모든 국민의 대표기관이자 통치기관이기 때문이다. 내용의 옳고 그름도 객관적으로 엄정히 따져야 하지만, 조국 전 수석은 자신이 주도해서 일어난 논쟁과 그 추진 과정에서 일어난 나라 운영의 파행에 책임의식을 가져야 정상이다.

조국 전 수석은 사법고시를 통과한 법조인의 경험이 없다. 말하자면 고시 출신들로 층층이 조직된 사법계의 열외 인사이다. 내부가 아니고 외부 인사로 검찰 개혁을 이루겠다는 발상은 낯선 도구를 들이대서 저항을 정면으로 돌파하겠다는 의도로 들린다. 대법관을 거치지 않은 지방법원장을 대법원장에 앉힌 논리와 일맥상통한다. 국외자로 하여금 내부를 혁신하겠다는 구상이 편 가르기에 그치지 않고 얼마나 순수하게 결실을 볼지 의문을 제기하는 시각이 많다.

조국 전 수석은 민정수석 자리에서 물러나면 학교로 돌아가겠다고 밝혀 왔다. 또 야구의 구단장이 꿈이라고도 말했다. 굳이 정계 입문을 위해 법무부 장관 자리를 꿰차려 한다면 국회 청문회 과정에서 야당에 의해 난타당할 것이고, 여권 안에서도 스멀거린 일부 부정적인 움직임의 극복에도 신경이 쓰일 것이다. 청와대에도 편향적인 인사를 계속 강행한다는 지적으로 심각한 부담을 줄 것이다.

2019. 7. 29.

조국 후보의 언어와 행동거지

조국 법무부 장관 후보자의 언어는 파괴력이 있었다. 진보 진영의 대표적인 조어의 마술사였던 것이다. 손혜원류의 홍보적 언어와 다르게 나름대로 정치적 파장과 무게감도 있었다. 법률과 지식 소양, 그리고 정치와 사회의 원리를 꿰고 있는 예리함에서 비롯된 듯하다.

그는 긴말하지 않는다. 간단하게 함축된 말을 던져 폭발력을 발산한다. SNS를 통해 "죽창가가 떠올랐다"라든가 "친일 매국노"라는 매도, "왕후장상의 씨앗"이라는 가르기, "애국과 이적"이라는 프레임 등으로 감성을 자극하는 발언을 쏟아내 끊임없이 정치 행위를 했다. '정치는 언어'라는 점을 십분 활용해 유력한 진보 정치인의 위상을 굳혔고, 그의 장관 자격을 놓고 온 나라가 블랙홀에 빠질 정도로까지 주목받고 있다.

그의 언어는 이분법으로 나누는 기술을 휘둘렀다. 민주와 비민주, 친일과 반일, 정의와 불의, 가짜와 진실, 촛불과 적폐, 통일과 반통일 등이 그가 펼친 화법의 전형적인 편 가르기 유형이었고, 그 바닥에는 내 편으로 끌어들이고, 상대는 배척하는 날카로운 비수가 숨겨져 있었다. 내 편이 되면 선이고 정의이며, 그렇지 않으면 악이고 공격 대상이 되는 것이다. 그렇게 해서 나라가 더 보수와 진보로 갈라지는 분열과 갈등을 부추겼고, 그의 시각에서 지목한 척결의 대상을 무대 위로 끌어냈다.

그의 언어 구사는 각종 비리와 의혹이 쏟아져 나오는 와중에서도 현란했다. 처음에는 언론과 야권이 제기하는 의혹이 "가짜 뉴스"라고 몰아치면서 청문회에서 모두 소명하겠다고 주장했다. "일부 보수 언론과 야당"이라고 국한시키려는 의도도 비쳤다. TV 중계까지 요청한 가운데 장관이 되면 실행하겠다는 정책안을 미리 발표하는 강수를 뒀다. 비판의 기세를 누르는 한편, 지지세력의 지원을 호소한 듯하다.

그러나 의혹이 눈덩이처럼 번지자 몸을 낮추기 시작해 25일 일요일에는 "개혁에 노력하느라 딸에게 불철저했고, 안이한 아버지였다"라고 고백하면서 "심기일전해서 문 정권의 개혁에 어떤 노력도 하겠다"라고 주장했다. 하루 전 토요일에는 "절차적 불법이 없었다고 내세우지 않고, 법적으로 문제가 없음을 나 몰라라 하지 않겠다"라고 에둘러 표현해 아직도 법적으로는 문제가 없다는 입장을 간접적으로 강변했다. 책임지겠다는 언급은 없었고, 사퇴 없이 밀고 나가겠음을 밝힌 것이다. 사모 펀드 투자액과 웅동학원 지분을 사회에 환원하겠다고도 말했지만, 실효성이 없다는 지적이 우세하다.

조국 후보자는 법률 연구자이자 법률을 가르치는 교육자였다. 대통령 비서를 거쳐 장관 후보자가 되었지만, 아직은 정치보다 법률이 전문 분야이다. 그러나 그의 사회적 발언들은 대부분 법률과는 거리가 먼 것들이었다. 그의 대표적인 발언으로 꼽히는 "강남 좌파가 더 많아져야 한다"라는 주장은 강남의 중상층을 자극해 정치적 재미를 챙겼을지 모르지만, 법률학자답지 않다. 오히려 이념에 몰두하는 정치인이나 사회 설계자처럼 외쳤다. 본격적인 정치인이 아닌 만큼 법률과 법체계, 법철학에 관해서, 또는 아직도 후진성을 면치 못하는 법의 정교한 재정비나 법조계의 건전한 개선을 애써 개진했다면 제격이었을 것이다.

"정치는 진보, 생활은 보수라는 이중성을 배격하고, 정글의 법칙에 대한 자발적인 굴종을 경계하며, '먹고사니즘'과 배금주의를 탈피해야 한다"라는 언급도 법 전공자나 교육자가 아니라 정치인이나 사회철학자의 주장 같다. 누구나 의사 표시에 제한을 받지 않는 게 민주사회지만, 금도를 지키는 게 건전한 사회 질서라는 차원에서는 격에 맞지 않는다고 할 수 있다. "사법개혁의 적임자"를 자임하고, 청와대와 여권도 임명의 명분으로 그 프레임을 밀고 있지만, 사법개혁을 순수하게 사법 정의를 위해서가 아니라 정치적인 의도로 판을 짤지 모른다는 우려를 지울 수 없다. 사법개혁을 꼭 그가 주도해야 하느냐는 의구심도 많다.

더구나 조 후보자가 사회에 내놓은 언어들이 자신의 처신들과 많은 괴리를 보여서 세상을 들끓게 하고, 떠들썩하게 만들어 놨다. 그는 "진보는 약자와 빈자의 편이다. 어느 집안에서 태어났느냐가 삶을 결정하는 사회는 끔찍하지 않는가?"라고 주장했다(저서 『진보집권플랜』). 또 "특권은 부정되고 인간은 존중을 받는 것이 민주주의 요체(『조국, 대한민국에 고한다』)"라고 강조했다. 그러나 자신은 그러한 주장과는 정반대로 살면서 특권과 변칙을 교묘하게 이용해 표리부동하게 처신해 왔음이 드러나고 있다.

가족이 함께 투자한 사모펀드는 후보자의 명성을 이용한 관급 사업의 수주와 증여 가능성으로 눈총을 받고 있으며, 부친이 설립한 웅동학원의 채무변제와 소유권 이전, 위장 이혼, 탈세 등의 과정에서 법망을 피한 교묘한 재산 챙기기의 냄새가 짙다. 그 과정에서 조 후보자는 이사의 직위를 맡고 있어서 책임을 면키 어려워 보인다. 남들에게는 투기를 질책하면서 자신은 IMF 외환위기 당시 경매 등으로 싼 가격으로 집을 두 채나 사들였고, 강남을 떠나라고 하면서 자신은 강남에 주저앉았다.

특권을 누린 변칙은 딸의 진학에 활용된 논문 작성의 조작에서 주렁주렁 들춰지고 있다. 고등학생이 이해하기도 힘든 대학의(단국대) 논문 작성에 3주 동안 참여해 제1저자로 등재됐고, 고려대와 서울대 환경대학원의 결정적인 입시자료로 제출한 의혹이다. 또 부산대 의학전문대학원에도 제출해 입시에 통과했으며, 그 학교에서 두 번이나 유급했는데 우수 학생이 한 차례 받기가 힘든 장학금을 200만 원씩 3년에 걸쳐 6번이나 받은 의혹도 받는다.

조 후보자는 "평등교육"을 주장하면서 본인의 자녀들은 외고와 특목고를 보냈고, 무리하게 스펙을 쌓게 해서 명문 학교 교육을 시켰다. 조 후보자는 25일 기자들 앞에서 "당시 존재했던 제도를 따랐다"라고 변명하면서 "제도에 접근할 수 없었던 국민과 청년들에게 마음의 상처를 줬다"라고 제도를 핑계 댔다. 그는 "나와 내 가족이 고통스럽더라도 짊어진 짐을 함부로 내려놓을 수 없다"라는 말로 정권의 지원을 호소한다. 그러한 태도는 지지층에게는 의미가 있겠지만 전 국민에게 보내는 의사 표현으로서는 적절치 않다. 여론조사에 나타나듯 다수의 국민은 그의 법무장관 임명에 회의적이기 때문이다.

의혹과 지탄의 중심에 선 조국 후보자의 말은 "가짜 뉴스"와 "위법이 아니다"로 압축된다. 그러나 법학자인 그는 법조문에 매달려 다툴 생각만 하고, 법정신과 법철학은 나 몰라라 한다. 법무부 장관이 되려고 하는 인사가 법 조항을 낳게 한 정신과 철학을 피해 나가려 한다면 어떻게 한 국가의 법질서를 바로 세우고 발전시킬 수 있을까? 더구나 법 제도를 관장하는 국무위원이 자신의 처신으로 스스로 법정에 서게 된다면 이해충돌은 물론, 누가 그를 법 행정의 책임자로, 법조계의 지도자로 존중하겠는가?

국회 청문회를 거치기 전에 이미 조국 법무부 장관 후보의 언어는 공허하게 들린다. 불교의 '구업'처럼 자신이 내놓은 말로 스스로를 구속하고 있는 것이다. 이제라도 모든 것을 국민을 바라보고 국민의 눈높이에 맞춰야 상식적이다.

2019. 8. 26.

지금은 정말 경제가 문제다

우려했던 일이 벌어지고 있다. 한국 경제가 곤두박질치고 있는 것이다. 문재인 정부는 줄곧 경기가 곧 나아지리라고 예상하면서 국민에게 기다려 주기를 당부했다. 지난해에는 대통령까지 나서서 새해에는 소득 주도 성장책의 효과가 나타날 것이라고 주장했고, 올해 들어서는 후반기를 기약했다. 그러나 대통령의 말은 빗나갔고, 경제는 여기저기에서 신음하고 있다.

글로벌 신용평가사 S&P(Standard and Poor)는 한국의 올해 경제성장률을 2.4%에서 2.0%로 크게 낮췄다. 지난해에는 연구기관들이 2.5% 언저리로 전망했는데 큰 차이가 나는 것이다. 무디스는 2.1%로 예상한 바 있고, 피치도 2.0%로 낮게 보았다. 모건스탠리는 1.8%까지 더 부정적으로 예상한다. 추락이라고 보지 않을 수 없다. S&P는 한국 경제가 2014년 이래 처음으로 부정적 사이클에 들어갔다고 밝혔다. 1. 험난한 영업환경, 2. 공격적인 재무정책, 3. 규제 리스크가 부담이 됐다고 분석했다.

S&P가 지적한 험난한 영업환경은 노동시장의 불안정을, 공격적인 재무정책은 과도한 복지정책을, 규제 리스크는 대기업에 대한 정권의 압박에 초점이 맞춰져 있는 것으로 해석된다. 한국의 경제 현실을 명확하게 반영한 것이다.

첫째, 한국의 노동시장은 정권 창출의 채권까지 내세우는 노조의 지나친 강성으로 기업 활동이 위협받고 있는 현실이다. 운송과 조선, 자동차 등 주요 산업에서의 파업이 끝없이 이어지고 시위가 거리를 뒤엎는데도 정부는 소극적이고, 사용자 측은 주눅이 들어 있다. 20세기 초반까지 세계의 제조업을 주름잡던 미국은 노동시장의 어려움 때문에 제조업의 쇠락을 막을 수 없었다. 그 결과 일본과 한국, 중국제 수입상품들이 거대한 미국 시장에 차례로 범람했고, 그들 나라가 경제 강국으로 성장하는 동안 미국은 최대의 채무국으로 전락했음이 한국에는 반면교사가 아닐 수 없다. 미국이 G2까지 떠오른 일본을 플라자 협정으로 눌렀고, 지금은 중국을 압박하고 있는 상황은 근원적으로 제조업 쇠락이 낳은 궁여지책이다.

둘째, 문재인 정권은 재무정책에서 경제의 성장을 높이는 대신에, 분배에 몰두해 왔다. 거의 모든 경제정책이 복지와 시혜에 초점이 맞춰지다 보니 자본주의의 생리인 원가 절감과 생산 의욕에 고삐를 채웠다는 것이 S&P의 시각이다. 최저임금위원회가 내년의 최저임금을 10% 이상이 아닌 2.9%로 올린 8,590원으로 결정한 것은 기업 조건의 형편상 그나마 다행이다. 그런데도 노동계에서는 기대에 못 미친다고 불만이고, 청와대는 문 대통령의 공약인 '내년까지 1만 원 달성'에 못 미친다고 사과까지 했다. 사회 정책적으로는 노임 상승은 거스를 수 없는 명제이다. 그러나 수출주도형 국가로서는 경쟁력이 임금 인상과 반비례한다. 또 중소 자영업의 극심한 고충과는 동떨어진 방향이다. S&P는 선거철을 앞두고 쏟아지고 있는 선심성 재정정책에도 우려의 눈길을 보낸다.

셋째, S&P가 지적한 규제 리스크는 급변하는 첨단경제를 리드할 에이스들을 가로막는 촘촘한 규제들을 의미한다. 또 대기업을 청산 대상으로 삼는 듯한 비자유주의, 반시장주의 정책 기조를 떠오르게 한다. 성큼 다가선 4차 산업 시대에서는 앞서가지 않으면 뒤처진다. 그럼에도 공유경제나 혁신적인 창업, 첨단 기술의 개발 시도에 장벽이 너무 높다는 관련 분야의 원성이 크다. 나라의 살림을 맡고 있는 대기업들의 고뇌는 엄중하다. 치열한 국제경제의 경쟁을 뚫고 성장동력을 확보해야 생존할 수 있는 '샌드위치' 대한민국의 어두운 현실이다.

자본력과 종합적인 경영 시스템을 갖춘 전략 기업들은 정부의 매서운 눈초리에 떨고 있다. 기업들이 정부의 시퍼런 서슬 앞에서 생존을 걱정하면서 기세 좋게 치열한 국제 경쟁을 헤쳐나갈 수 있을까? 물론 기업들도 이제 비정상적인 운영은 엄두도 내지 말고, 사회적 책임감도 높이는 투명하고 건전한 모습을 보여야 한다. 그러나 기업들의 변신과 거듭 태어남은 정부의 태형이 아니라, 따뜻한 고무와 지원 안에서 힘을 얻을 수 있다는 원리는 두말할 여지가 없다.

문재인 정부의 정책팀에는 참여연대 출신들이 주류로 포진하고 있다. 케인지언 풍의 정부 주도 정책과 공정한 분배의 경제에 필이 꽂힌 세력이다. 진보적인 이념과 궤를 같이한다. 그들은 줄곧 대기업이 주축인 한국의 경제체제에 곱지 않은 시선을 보여왔다. 김상조 청와대 정책실장도 그중에 속한 연구자 출신이다. 한국의 경제가 백척간두에 서 있는데 그를 정부의 경제 실세로 앉힌 인사가 타당했는지 의아심이 그치지 않는 이유다. 정부에서는 홍남기 경제부총리가 경제의 사령탑이라고 표방하지만, 실제로 나타나는 그의 지도력은 관료적이고 수동적이다. 경제를 전향적으로 이끄는 추진력이 미약하게 느껴진다.

한국 경제는 S&P의 시계보다 훨씬 더 복잡하고 심각한 현안들에 둘러싸여 있다. 통계청의 5월 중 산업활동 보고에 따르면 제조업의 생산능력지수는 10개월 연속 내려가서 지난해보다 2.7% 떨어진 71.7%였으며, 설비 투자는 11.5%나 감소했다. IMF와 금융위기 수준이다. 경기 부진이 장기화하고 있는 조짐이다.

기업들이 해외로 빠져나가는 엑소더스도 급증해서 올 1분기에만도 16조 원대를 기록했다. 롯데 그룹은 미국에 한국 기업으로는 최대인 약 3조 원을 투자해 백악관 초청까지 받았고, CJ는 약 2조 원을 들여 미국의 냉동식품업체를 인수했다. 이미 베트남에 대형 공장을 세운 삼성에 이어 LG도 베트남으로 스마트폰 공장을 옮긴다. 공장 건설에 대한 주민 반대를 피해 가는 것이다.

탈한국 바람은 중소기업들에도 불고 있다. 고질적인 고비용 구조와 주 52시간제, 최저임금 인상에 대한 부담, 혁신성장을 가로막는 규제들이 원인으로 지적된다. 한 일간지의 조사에 따르면 기업인의 65%가 해외의 투자환경이 국내보다 훨씬 낫다는 의견을 밝혔다. 국내로 들어오는 외국인 투자는 지난해보다 37.3%나 급감했다. 기업인들이 합리적인 경영 판단을 내리기에는 정부의 정책이 너무 혼란스럽다는 것이다. 싱가포르와 홍콩의 번영이 열린 경제, 기업활동의 자유가 이뤄놓은 기적임은 오늘 한국에 좋은 타산지석의 예로 음미해야 하지 않을까?

문재인 대통령은 중대한 결심의 순간을 맞았다. 소신보다 포용을, 정치보다 경제를 선택해야 하는 변곡점에 서 있다. 시간은 많지 않다. 올해를 놓치면 너무 늦어버린다. 무너지고 있는 경제를 살려서 박수를 받을 것인지, 경제를 잃어 국운을 날려버린 불운한 대통령으로 남을지 심각하게 고민해서 판단해야 한다. 역사의 심판은 냉엄하다.

2019. 7. 14.

트럼프의 일탈 정치

○ 트럼프 미국 대통령의 쇼맨십 정치가 도를 넘고 있다. 세계 제일의 지도적인 국가 원수로서의 품격과 기대를 걷어차고, 그가 말하는 미국 우선의 국가 이익과 재선을 위한 인기에만 몰두하는 인상이다. 국내외적으로 좌충우돌, 중구난방의 정치 행위를 서슴지 않아 리얼리티 쇼의 사회자 같은 이미지도 지울 수가 없다. 윤리적으로는 그는 이미 눈 밖에 난 정치인이라는 낙인이 널리 찍혀버린 게 현실이다.

국내적으로는 CNN과 《뉴욕 타임스》, 《워싱턴 타임스》 등 주요 언론 매체들과 원수처럼 갈등을 빚지 않나, 야당 의원들과 대놓고 강도 높은 비난의 공방을 주고받지 않나, 워싱턴 정가는 마치 투우장 같다. 자신이 임명한 국무장관과 국방장관, 비서실장 등도 헌신짝처럼 내치고, 각료들과 참모들을 제쳐버린 채 화려한 원맨쇼에 몰두한다.

그가 애용하는 트위터는 그야말로 단순 소통을 위한 단말기이다. 발신자의 생각도 깊이 있게 표현되지 않고, 수신자도 거두절미한 메시지만 대충 받아들인다. 합리적인 판단보다 일방적인 전달과 수용의 의미가 크다. 미국 대통령의 직무가 얼마나 엄중하고 파급 효과가 큰데, 아무리 편리하고 대중적이라고 하더라도 단

편적이고 밑도 끝도 없는 문자 메시지로 세계를 상대로 막중한 정치를 일삼는가?

정책의 실행 방법도 전례 없이 기이하다. 대선 후보 시절부터 공약한 멕시코 국경의 장벽 건설이 민주당의 반대에 부딪히면 협상에 공을 더 들이거나 포기할 일이지 야당을 일방적으로 공격만 해서 얻을 게 없지 않은가. 미국의 경기가 최근 미·중 무역 분쟁과 홍콩 사태 등 세계시장의 불안으로 하강의 조짐을 보이자 연방준비위원회의 탓이라고 공개적으로 공격한다. 대통령이 통제할 수 없는 독립적인 연준을 계속 압박하는 일은 경제가 아무리 재선의 아킬레스건이라고 하더라도 눈살을 찌푸리게 하는 월권이다.

그가 취임 후 의욕적으로 벌인 법인세 인하 등의 경제정책으로 미국 경제가 상당히 순항했음은 인정된다. 셸 가스의 덕도 있겠지만, 아무튼 경기 호조로 올해 상반기만 해도 그의 재선 가능성이 많이 회자됐었다. 그러나 최근 세계 경제의 불확실성으로 경기의 불안감이 높아지자 그의 인기는 내려앉기 시작해 50%를 유지하다가 45%까지로 떨어졌다. 트럼프 대통령의 초조함은 여기서 비롯되는 듯싶다. 최근에는 조 바이든 민주당 대선주자와의 지지도가 38% 대 50%로 12%나 뒤진다는 조사 결과도 발표됐다.

국제정치에서도 트럼프 대통령은 예측 불가의 돈키호테 같다. 세계의 주요한 국제기구인 유네스코와 파리기후협정을 일거에 탈

퇴해 버리고, IMF와 World Bank, WTO에서도 빠져나오겠다고 으름장을 놓는다. 운영기금에 부담을 느낀다고 지도적 국가가 그렇게 계산에 매몰돼 국제 질서의 기둥을 이루는 기구들을 걷어찰 수 있는가?

중국이 위협적인 사회주의 국가이고, 패권을 노린다는 위협을 느낀다고 해도 국제사회와 공조해서 전략적인 포석을 할 일이지, 관세와 지적재산권을 무기처럼 휘둘러 게임을 하듯 치고 어르는 방법은 좋은 매너가 아니다. 세계가 수긍할 큰 원칙을 제시하고 준수하도록 하지 않고, 저잣거리의 협상처럼 큰 나라를 상대한다면 갈등이 높아짐은 물론, 세계 경제의 질서도 불안해진다. 중국 수입품에의 관세도 25%라고 했다가 10%라더니, 이제는 또 협상의 여지를 내비친다. 그는 지나치게 국익만을 천착하다가 세계의 불황을 부른 지도자가 될지 모르겠다.

트럼프 정치의 천박함은 주로 상업적인 게걸스러움에서 나온다. 그는 한국과 일본을 겨냥한 듯한 발언에서 동맹이 적보다 미국을 더 우려먹는다고 주장했다. 미국이 냉전 시대부터 중국과 러시아, 북한 등 북방 세력의 팽창을 막으려는 전략의 일환으로 한국과 일본, 필리핀, 호주로 이어지는 방어선을 유지하고 있는 사실은 전혀 안중에 없는 모양이다. 미국의 1년 예산은 1조3,000억 달러 정도의 규모이며, 그 절반인 7,000여억 달러가 국방예산이다. 그 가운데 50억 달러 정도가 주한미군에 소요된다. 그 크지 않은 부분을 그렇게 과장해서 표현하고 한국에 더 부담시키려고 안달이다. 현재 1조3,000억여 원 정도인 주한미군 주둔비의 한국 측 부담액을 한국이 5조 원으로 껑충 올리기로 했다고 지레 주장하기도 했다.

트럼프 대통령은 외국에 나간 미국 기업들의 회환과 외국 자본의 유치에 혈안이 돼 있다. 일본과 한국 기업들의 투자에 거의 압박 수준의 노력을 펴고 있고, 한국의 롯데와 SK 등의 미국 투자에 환대가 대단하다. 미국이 노동시장의 문제로 제조업이 쇠퇴한 데 대한 몸부림으로써 투자 유치에 공을 들이는 정책에 이해는 되지만, 투자 환경의 개선과 제조업 활성화를 위한 여건 조성보다 힘을 통한 물리적 투자 유치가 얼마나 도움이 될지 그다지 긍정적인 판단이 서지는 않는다.

미·북 핵 협상의 방식도 정상적이지 않았다. 북한의 핵을 폐기시키려는 노력은 평가할만하지만, 작은 나라를 상대로 하는 협상에서 외교의 매너를 벗어난 이벤트성이 짙다. "좋은 관계" 또는 "아름다운 편지를 받았다"라고 끊임없이 상대를 어르는 언행을 벌이는 것도 세련된 외교가 아니고, 기업들의 상행위처럼 보인다. 정교한 논의가 아닌 조급한 타협을 이룬 다음 공산주의자들이 자주 범하는 표변 같은 엄청난 후유증이 불거지면 어떻게 수습할 것인가? 특히 요즈음 연이은 북한의 INF, 중거리 미사일 발사를 용인하는 듯한 태도는 한국인들의 깊은 우려를 낳고 있다. 그러면서도 방위비 증액과 호르무즈 파병 같은 무리한 요구를 하는 일은 전혀 미국답지 않다.

한·일 무역 분쟁에 대한 무간여 태도도 한·미·일 협력 관계를 고려해서라도 지나치게 방관적이었다. 최소한 대화의 장이라도 마련해 타협을 주선하는 노력을 보였어야 했다. 내정 간섭이 아니고, 지역의 안보와 경제를 위해서 필요한 자세이다.

미국은 경제 대국과 기독교적 가치관을 바탕으로 자유민주주의 기수로 부상했다. 20세기 후반 소련의 붕괴 이후로는 지구촌의 유일한 최강의 리더로 국제정치를 이끌고 있다. 세계는 중국과 러시아 등 사회주의 국가들과 이슬람권 일부를 제외하고는 그런 미국의 정신을 신뢰하고 따르고 있는 것이다. 미국의 정치는, 특히 미국 대통령은 이런 미국의 좌표와 위상에 맞게 건전하고 모범적인 정치 행태를 보여야 할 것이다.

2019. 8. 19.

한국의 정치와 간디의 정신

마하트마 간디는 아힘사(불살생, 무상해)와 사티아그라하(진리의 추구)라는 두 개의 사상적 무기로 인도를 이끌었다. 그것을 바탕으로 비폭력 저항운동을 벌여 거대한 인도를 하나로 묶었고, 영국이라는 당시 최강의 제국주의와 싸워 어렵게 독립을 쟁취했다. 인도는 물론 세계의 존경을 받았으며, 마틴 루터 킹과 넬슨 만델라, 틱낫한, 밥 딜런 같은 걸출한 인물들의 롤 모델이 되었다.

간디는 수없는 투옥을 두려워하지 않았고, 열한 차례나 장기 옥중단식을 결행한 바 있으며, 불가촉(不可觸)천민도 함께하는 공동체 아슈람을 근거지로 삼아 물레를 돌리며 납세 거부와 취업 포기, 상품 불매 운동 등의 저항을 지휘했다. 영국 정부와 협상을 마다하지 않았지만, 굴복 아닌 투쟁을 이어갔으며, 소금세 인상을 반대하며 6만여 명의 장사진을 이끌고 23일 동안 360㎞를 행진하는 길고 긴 시위를 벌이기도 했다. 간디는 "폭력으로 얻은 일시적 승리는 패배와 같다"라고 외치며 비폭력 저항을 유도했다.

간디가 일구었던 저항의 생애는 단순한 독립운동이 아니었다. 아힘사와 사티아그라하로 빚어낸 비폭력 저항운동은 독립정신

이상의 깊음과 용기를 세계에 남겼다. 자신의 종교 힌두교와 기독교, 톨스토이즘, 사르트르, 소로우 등의 정신적 영감으로 형성된 고귀한 철학과 신념의 결정체였기 때문이다. 그 이념을 실천하는 저항도 목숨을 건 자기희생이 낳은 강고함, 그 자체였다. 톨스토이를 통해서 "악을 악으로 갚지 말라"라는 예수의 설파를 읽고 비폭력을 확인했고, 힌두교 경전 『바가바드 기타』의 크리슈나 어록에서 "행위의 결과를 보지 말고 오직 의무를 생각하라"라는 실천의 원칙을 배웠다.

간디의 리더십은 유창한 언변이나 그럴듯한 외모가 아니라 오직 진실을 향한 순수한 열망에서 우러나온 힘이었다. 영국과 맞서면서도 국민의 희생을 걱정했고, 민중이 흥분해서 폭력을 휘두를까 노심초사했다. 보통 사람으로서 끊임없이 정의를 위해 노력하고, 추구한 거인이었다. 종교인보다 더 계율을 지켰고, 실천하기 힘든 비폭력, 비문명적 방식으로 진리를 구현하려고 안간힘을 쏟았다.

가진 것은 물레와 두 장의 담요, 허리 감개 한 장, 힌두교 경전, 몇 권의 책이 전부인 무소유주의자 간디는 연설과 칼럼, 시위의 앞장 등으로 위대한 지도자가 되었다. 채식주의자로서 키가 작고(164㎝) 깡마른 체구의 노인, 그런 그의 삶 자체가 이미 쩌렁쩌렁한 메시지였다.

인도의 국부인 간디를 오늘 회상하는 이유는 한국의 현실이 너무도 암울하게 다가오고 있기 때문이다. 경제는 추락하고 있고,

민생은 고통스럽다. 북핵은 여전히 으스스하고, 주변 정세는 한반도 상공 위에서 각축을 벌이고 있으며, 외교는 구한말 고종 시대처럼 무기력하기 짝이 없다. 반세기 동안 국운을 일으킨 번영의 기세는 꺾이고, 분명히 나라가 국운의 변곡점에 서 있는 형국이다. 이런 판국에 정치는 실종되고, 정치인들은 진영 이기주의와 선거에만 골몰하고 있다. 암흑의 시대에 잠겨 있던 방대한 인도를 깨우고, 독립과 희망의 광채를 들어 올린 간디의 지도력이 새삼 존경스럽지 않을 수 없는 것이다.

한국의 정치가 후진적이고 저속하다는 비판은 어제오늘의 일이 아니다. 그 불신의 저변에 정치적 이기주의가 도사리고 있다. 개개의 정치인들은 자신의 영달과 출세를 위해 공동체의 이해는 헌신짝처럼 등한시하고, 정치세력은 집단이기와 진영논리를 위해 국가와 사회를 아전인수격으로 이용하는 데 몰두하고 있다.

물론 간디의 상황과 한국의 오늘은 판연히 다르다. 그러나 국가와 민족을 보는 지도자의 경륜과 진리를 품는 자세, 자신과 진영을 관리하는 겸손은 근본이 다를 바가 없다. 지도자의 비전에 따라 국운이 좌우된다는 원리도 동일한 것이다.

모든 사람을 가르지 않고 하나로 알며, 잘못을 철저히 반성함으로써 진실에 다가가고자 부단히 고뇌한 간디의 체취가 오늘 한국에서 절절하다.

2019. 6. 11.

대통령의 리더십은 어디에 있는가?

○ 조국 사태가 한국 정치의 블랙홀이 되자 대한민국의 시스템과 동력이 모두 그 안으로 빨려 들어가고 있다. 정부의 국정 운영도, 국회의 입법과 견제의 기능도, 사법의 규범 체계도 조국 관련 수사의 진행과 여야 대결에 눌려 기를 펴지 못하고 숨죽이고 있다. 거리는 다시 소란의 현장이 돼 법치를 위협하고 있다. 장관 한 사람의 거취와 비리가 이렇게 국가적으로 큰 타격을 준다는 현실은 어떤 이유이든 통탄할 일이다.

대립과 갈등은 쉽게 끝나지 않을 것이고, 사회 곳곳에 깊이 내재해 나라를 병들게 할 것이다. 밝은 사회, 전향적인 사회를 기대하는 건강한 국민의 염원에는 얼마나 큰 좌절인가? 조국 법무부 장관을 옹호하는 집권 세력과 이를 효과적으로 객토하지 못하는 야권 모두에게 정치사의 엄중한 평가가 내려질 것이다. 정치가 국민의 소중함과 역사의 준엄함을 존중하지 않아서 일어나는 현상이다.

사태의 발단은 어처구니없게도 한 점의 먹구름에서 비롯됐다. 사회적 공정성과 법의 정신, 규범칙에서 흠결이 속속 드러난 인물을 나라의 질서를 세우는 법무부 장관 자리에 굳이 앉히려는 정치적 의도는 분명히 비정치적이고, 비상식적이었다. 검찰의 수사

과정에서 가족의 편법과 비리의 흔적, 장관 본인의 거짓이 드러났고, 그 자체로도 법무부 장관 자격이 없다는 보수 진영의 신랄한 비판을 '의혹'이라는 프레임으로 묵살하는 여권의 역공은 설득력이 낮다. 단순한 장관 임명이 아니고 사법권의 장악과 반대 진영의 목 조이기, 총선과 대선의 포석이라는 의심을 부르는 빌미를 주는 것이다. 그렇지 않고는 정치 초년생인 한 인물의 거취로 여권 전체가 심각한 정치적 타격을 받으면서까지 밀어붙이고, 이제는 대대적인 군중 동원으로 범죄 수사를 덮어버리려 하겠냐는 것이 다수의 진단이다.

문 대통령이 유엔 총회를 마치고 귀국한 다음 날 "조 장관이 책임질 일이 있는지 여부도 검찰의 수사 등 사법절차에 의해 가려질 것"이라고 표명한 것은 장기화할 사법 판결을 지목한 것으로서 조 장관을 안고 가겠다는 의사 표시이다. 또 "아무런 간섭을 받지 않고 전 검찰력을 기울여 수사하고 있는데도 검찰 개혁을 요구하는 목소리가 높은 현실을 성찰하라"면서 인권을 들어 검찰에 정면으로 경고했다. 대통령은 아직도 조국 법무부 장관이 법망을 피해 갈 가능성에 기대는 듯하다.

민주당 지도부는 조국 법무부 장관이 압수수색 중인 검사와 통화한 것을 검찰이 한국당에 알려줬다고 비틀어서 공격하고 있다. 본질적인 통화의 위법성 자체를 제쳐놓고 과정을 문제 삼아 '내통'과 '밀고'라는 어휘를 쓰면서 유출자를 '색출'해 처벌하라고 맹공한다. 논리의 귀를 물고 늘어지는 격이다. 조국 법무부 장관이 통화는 '인륜의 문제'라고 변명한 것도 가지로 줄기를 가리는 수법이다. 그렇게 해도 '장관은 청장을 통해서만 지휘할 수 있고, 개별 사건은 지휘하지 못한다'라는 검찰청법 위반을 문제 삼은 한국당의 고발을 피하기는 어려울 것이다. 통화가 수색의 시작 전에 이뤄져서 피의사실 공표 금지에도 저촉되지 않는다.

강기정 청와대 정무수석은 "한미 정상회담이 열리고 있으니 수사를 조용히 하라고 다양하게 전달했으나 검찰이 말을 안 듣는다"라고 토로했다. 검찰 개혁을 부르짖는 청와대의 요직 인물이 오히려 검찰 개혁의 핵심인 외부(최상급 기관)로부터의 압력을 행사하고, 공개한 것이다. 조국 법무부 장관이 검찰 개혁의 주역이라는 주장의 신뢰성을 스스로 떨어뜨리는 언행이다.

조국 사태의 수사는 끝도 없이 번지고 있다. 오죽하면 일본에서까지 '조 양파'라는 유행어가 횡행한다고 전해지는가? 딸과 아들의 입학 서류 위조만 아니라 웅동학원 비리, 사모펀드의 투자 의혹 등이 매일 새롭게 터진다. 조 장관의 부인 정경심 교수의 소환도 임박한 것으로 전해지고 있다.

조 장관 옹호 세력들은 서울지검 앞에서 대규모 시위를 벌이며(주최 측은 200만 명, 수학적 계산자들은 5만 명으로 추산), 아직도 "의혹 수준을 공표하는 적폐"라는 프레임으로 여론전을 펴고 있지만, 윤석열 검찰총장은 "헌법을 따르겠다"라고 곧바로 응수해 법대로 대처하겠음을 밝혔다. 법대로 수사한다면 너무 많은 혐의들이 이어지고 있어서 수사가 외압으로 덮기는 이미 루비콘

강을 건넜다고 보인다. 수사를 축소하거나 닫아버리려는 기도가 밝혀지든지, 검찰에 대한 인사 태풍이 불면 그 역풍은 여권이 감당하기 어려울 정도로 국민적인 저항에 부닥칠 것이라는 전망이 나온다.

이 모든 상황은 대통령의 리더십과 연관돼 있다. 대통령은 나라 안의 혼란을 잠재우고 평화로운 사회 분위기 속에서 나라가 건강하게 전진하도록 해야 하는 책무를 지고 있기 때문이다. 고위 공직자는 합리적인 의혹만으로도 국민에게 상처를 주거나 국가 운영에 지장을 주면 충분히 광의의 귀책 사유가 됨을 법률가인 문 대통령은 잘 알고 있을 것이다. 대통령이 여권이나 지지 세력의 편에만 서서 정치를 펴는 것도 취임식에서 선서한 국가 원수의 책무와 배치된다.

문 대통령은 취임 연설에서 지지하지 않은 국민도 포용하겠다고 분명히 약속하지 않았는가? 갖가지 의혹의 중심에 서서 피의자가 될지 모르는 추종자를 위해 검찰을 압박해 결과적으로 대중을 선동하는 듯한 정치 행위는 온당치 않다. 정권이나 지지 세력 편에 서기 위해 자신들의 정체성인 공정과 정의라는 진보의 근본 가치를 거스르고 있다는 지적에도 귀를 기울여야 한다.

한 나라의 흥망은 국민의 정신 속에 생성된 다양한 요인들이 균형을 이루어 융합되는가에 좌우된다고 한다. 문 대통령이 이 나라의 진정한 지도자가 되려면 법학도였던 그가 학창 시절에 배웠을 몽테스키외의 '법의 정신'부터 되새겨야 할 것이다. 몽테스키

외는 "일부 요인이 너무 강하면 다른 요인들이 쇠퇴한다"라고 설파했다. 과욕하지 말고 상생하라는 가르침일 것이다.

2019. 9. 29.

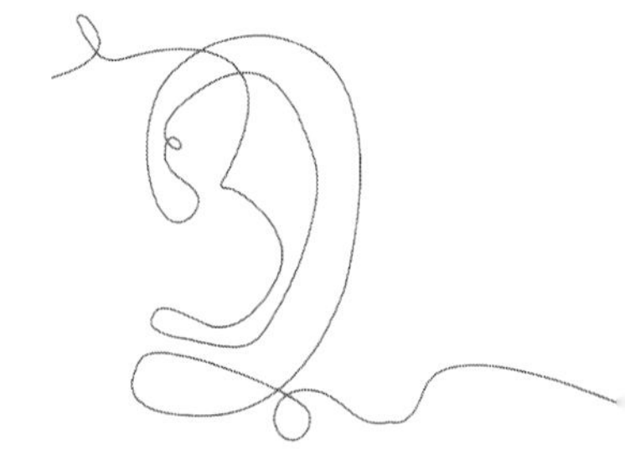

인색하면 융화도, 상생도 멀다

— 문재인 대통령과 아베 신조 일본 총리가 지난 24일 중국 청두에서 가진 회담이 무위로 끝나자 경제계는 말 못 할 허탈에 빠졌다. 한일 간의 태풍급 갈등을 겪는 가운데 15개월 만에 열린 정상회담인 만큼 관심과 기대가 모아졌기 때문이다. 만남 자체나 대화를 이어가자는 공감대에 의미를 두는 측도 있으나 양국의 갈등이 워낙 엄중해서 갈증과 답답함은 여전하다.

45분간의 회담에서 문 대통령은 아베 총리에게 수출 규제 조치를 지난 7월 이전 수준으로 회복해 주기를 거듭 요구했고, 아베 총리는 강제징용 문제를 한국 측 책임으로 해결하라고 응수했다. 벼르고 별러 온 자리에서 기왕의 입장만을 되풀이한 꼴이므로 해결의 의지와 진정성마저 의심스럽다. 물론 국제 분쟁의 매듭을 단칼에 자르기는 어렵겠지만, 정상급 타협에서 협상이 서로 주고받는 것이라는 상식도 보이지 않았다. 일본은 회담 전에 일부 규제의 연기라는 시늉이라도 취했지만, 한국은 대안 없이 조르기와 공세에만 매달렸다.

일본이 정밀소재 수출 규제의 명분으로 제3국으로의 유출을 내세웠지만, 문재인 정권의 위안부 협약 파기와 법원의 징용 판결에 반발해 취한 조치임은 불문가지이다. 상대의 주장은 외면하고 요구만 계속한다면 합의는 요원하다. 명분을 살리면서도 상대의 태도를 돌릴 방안을 제시하는 준비의 부족이었다. 지소미아 폐기와 같은 강수나 압박만으로는 해결을 기대하기가 어렵지 않겠는가?

문 대통령이 이날 아베 총리에게 "두 나라가 잠시 불편해도 결코 멀어질 수 없는 사이"라고 말한 것은 집권 이후 계속 이어온 날 선 반일 행보와는 조금 다른 레토릭이다. 문 정권은 상해 임시정부 수립의 100주년 기념일을 계제로 삼아 기회만 있으면 독립운동과 민족주의를 대대적으로 부각해 정치이념으로 활용했고, 친일 족적도 속속들이 들추어냈다. 두 나라 정상이 국제무대에서 조우해도 서로 본체만체해왔다.

아베 총리도 반한 감정을 유도해서 정치적 입지를 강화하는 데에 몰두해왔다. 일본인들의 한국에 대한 비호감도가 80%까지 치솟은 현상은 기록적이다. 두 정상이 겨루기나 하듯 경쟁적으로 민족주의를 부추겨 정치적으로 이용하는 대중선동의 정치를 펴온 것이다. 역사의 시계를 되돌린 게 아닌가 싶을 정도였다.

양국 관계의 악화에 따른 경제계의 속앓이는 심각하다. 일본이 지극히 제한된 품목의 규제를 완화했고, 나머지 대부분 품목에 대한 규제의 데드라인이 임박하고 있어서 업계의 불안은 날로 높아지고 있다. 소재 생산의 자립을 고취하고 있지만, 한국의 기술 수준으로는 쉬운 일이 아니다. 관광 업계와 다른 수출입 업계의 신음도 크다. 경제가 국가 간의 기 싸움으로 날아든 돌을 맞고 고통스러운 것이다.

최악으로 나빠진 양국 관계를 개선하려면 언설만이 아니고 행동으로 성의를 표시해야 단서가 잡힌다. 공을 들여야 피드백도 돌아오는 것이 화해의 원리이다. 상대에게 인색하고, 이기적으로 자기 주장만 관철하려는 태도는 외교가 아니다. 국가의 자존심과 국익을 손상해서도 안 되지만, 일본은 세계 2~3위의 경제 대국이므로 가볍게 보고 우리 페이스로만 압박하기에는 버거운 나라임도 인식해야 한다.

문재인 정부의 대일 강경 노선은 정권을 둘러싸고 있는 진영의 이념적 산물이다. 운동권과 자주파의 체질은 투쟁적이고, 목적적이며, 타협보다 승리만을 최선으로 여기는 성향이 있다. 문 정권의 독특한 이념정치는 태생적이라고 할 수 있다. 정권 출범을 밀어준 세력이 의식화된 운동권과 시민단체, 민노총, 전교조, 그리고 진보 성향의 각종 강성 조직이었기 때문이다. 이념은 응집력이 강하며, 전투적이다. 국가 경영의 지속성이나 전문가들의 견해들은 우선순위에서 번번이 밀린다. '가보지 않은 길'의 앞에는 걸림이 없어야 한다고 본다.

아무리 간절히 추진한 정책이라도 국민의 상당수가 합리적인 이유를 들어 치열하게 반대하면 타협과 협상을 벌이는 게 민주주의 방식이다. 권위주의 시대에 저항한 세력이 현재의 집권 진용에 포진해 있지 않은가. 아픈 전철을 밟으려 하고 있다는 지적을 외면하면 정치는 다시 무서운 업보를 짊어지는 형국을 피하기 어렵다.

상대에게 인색하면 절대로 좋은 반응을 얻을 수 없다. 인색한 정도가 크면 클수록 융화와 상생은 더 멀어져 간다. 포용은 더 말할 나위가 없다. 갈등은 깊어지고, 비용은 늘어난다. 더구나 지도자가 인색하면 광범하게 조직이나 사회, 국가의 불행을 부른다.

2019. 12. 29.

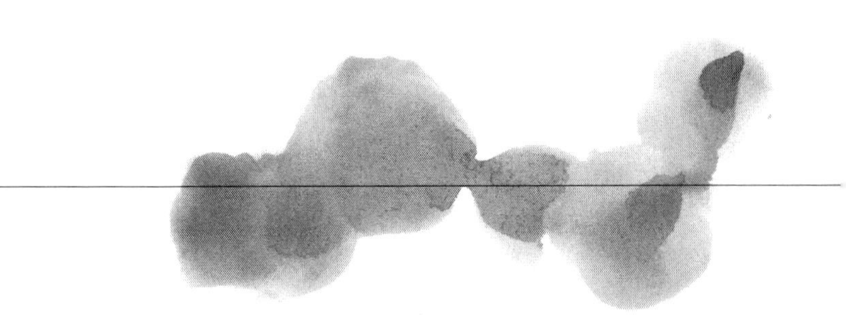

한국 정치,
큰길로 나와야

○ 한국의 정치가 치졸한 골목 싸움을 벌이고 있는 형국이다. 국가와 국민에게는 그리 다급하지 않은 사안으로 끊임없이 격돌하고 있다. 사색당파의 환생이라는 말도 나온다. 넓은 세상을 두고 좁은 공간에서 물러설 수 없는 아귀다툼을 벌이면서 국운을 갉아먹고 있다.

조국 사태로 온 나라의 혼을 빼앗더니, 울산 시장 선거 개입 의혹과 청와대 감찰 중단 수사로 혼미한 대치를 이어가고 있다. 국회에서는 선거법 개정과 공수처 법안의 패스트트랙 처리로 집권 세력과 야권이 파국의 지경으로 충돌하고 있다. "무슨 일이 있어도 반드시"라는 민주당의 강공에 "죽어도 저지"라는 한국당의 극렬한 결기가 양측 지도부한테서 계속 뿜어져 나올 정도로 달궈져 있다.

이런 살벌한 상황은 민주주의 국가에서는 도저히 일어나서는 안 될 야만적인 정치 양상이다. 국민의 이견을 흡수해서 타협을 이끌어내는 것이 정치인데, 그와는 거리가 먼 강압과 투쟁 일변도의 극한 정치를 일삼는다면 한국의 정치는 사실상 중병에 걸린 징후이며, 허울만 민주화를 이룩한 꼴이다.

원인 제공의 책임은 뭐니 뭐니 해도 집권 세력에 있다. 문제가 드러난 인사를 법무부 장관에 기어코 앉히려던 무리수, 대통령 친구의 선거에 개입한 듯한 정황, 권부 주변 인물의 부패 의혹 등이 집권 진보진영의 도덕성에 이미 깊은 상처를 입힌 것은 엄연한 사실이다. 그에 대해 오히려 비호하거나 침묵하는 태도는 정치의 금도가 아니며, 명쾌한 입장으로 대처하지 않으면 지도층과 나라에 독이 될 것이다. 검찰의 수사를 덮으려 하거나 압박을 하면 할수록 상황은 더 악화하지 않겠는가? 서초동에서 벌이는 조국 수호 집회나 검찰 수사에 대한 공격은, 무슨 이유로든 현대적 의미의 법체제에는 사법체계와 사회질서의 훼손으로 비칠 것이다.

국회의원 선거제의 입법은 민주주의 원리상 여야 협상으로 추진돼야 함에도 여권이 생경한 '4+1'이라는 궁여지책으로 군소 야당과 연합해서 입법을 강행하려는 시도는 분명히 상식을 거스르는 것이며, 정치의 정도가 아니다. 의회주의 역사에 오점을 남기는 정치공학이다. 그렇게 해서 개헌선을 넘기겠다는 위험한 정치적 음모가 숨겨져 있다면 대한민국의 헌법적 질서 위에 건재하는 민심이 용인하겠는가?

공수처 설치 법안도 제1야당이 사생결단의 기세로 저항하고 있으므로 뒤로 미루든지, 아니면 협상을 통해 차선책을 강구하는 게 정국의 안정과 국가의 위상을 위해서 옳다. 공직사회의 정화는 오랜 염원이고 불문의 당위이다. 그러나 상당한 국민이 정치적으로 악용될 소지가 있다고 의심하면서 반대한다면 다른 좋은 방안이 없는지를 더 고민해야 한다. 순리를 벗어나는 개혁은 공염불이 될 공산이 크며, 감당하기 힘든 곤궁을 낳을 수 있다.

한국당의 대응도 옹색하기는 마찬가지이다. 여권의 페이스에 말려서 방어에 급급하고 있기 때문이다. "밟고 지나가라"라는 결기에 호응하는 지지세력도 상당할 것이다. 그러나 투쟁을 하면서도 국가 경영의 일익을 담당하는 역할도 도외시하면 안 된다. 나아가 유력한 정당이기 위해서라면 상대의 공세를 제압하는 특단의 방책을 보여줘야 하지 않겠는가? 5조2,300여억 원이라는 초유의 매머드급 예산안이 합의되지 않은 절차에 따라 일방적으로 순식간에 통과되는 마당에도 원내대표가 단 아래에 서서 국회의장을 향해 "이게 뭡니까?"를 공허하게 계속 외쳐대는 장면은 제1야당이 얼마나 무기력한가를 여실히 보여주었다. 전략과 전술의 미숙이었다.

한국당을 제1야당으로 뽑아준 국민들은 정치와 정책의 경쟁에서 수세에 급급한 수준을 넘어서 정국을 주도하면서 수권정당의 면모를 확실히 다지는 모습에 공감하고, 신뢰를 보낼 것이다. '소주성'(소득 주도 성장)에 따른 경기의 하강과 탈원전 문제, 경상수지의 악화 우려, 안보적 불안 등등 정부의 시행착오로 보이는 현실의 타개에 속이 시원한 입장과 대안이 궁금할 것이며, 미래의 먹거리와 국운에 대한 원대한 비전이 관심거리일 것이다. 서민들에게 나눠주는 몇 푼의 복지가 중요한 문제가 아니다. 국민 모두가 열심히 노력하겠다는 의지와 기업들의 투자 심리가 되살아나고, 청년들의 성취 의욕이 불길처럼 일어나야 자랑스러운 대한민국은 다시 동방의 별이 될 것이다. 사회의 원기 회복과 기세가 목마른 것이다.

여야의 이전투구식 싸움을 승화시키고, 건전한 정치문화를 북돋아 줄 자리에 대통령이 있다. 여권의 무리한 공세 정치를 잠재울 수 있는 힘도 대통령에게 있고, 날 선 야권을 협상의 테이블에 앉히는 위치에도 대통령이 있다. 그만큼 대통령에게 막강한 권한과 책임이 부여돼 있다. 그런데도 대통령은 정치의 난맥상을 바로잡을 의지조차 보이지 않고 침묵하고 있다.

한국 정치가 골목에서 큰길로 나오면 대한민국호의 앞에 놓여 있는 어려운 현실과 헤쳐나갈 방책이 잘 보일 것이다. 진영의 논리에 매몰돼 있던 안보 문제도 동북아시아의 세력 판도 위 한국의 좌표라는 관점에서 다시 투시해 볼 수 있고, 2%의 성장마저 불확실한 오늘의 경제적 실체와 그 대책에도 눈이 떠질 것이다. 모두가 더 진솔해야 묻혀 있는 지혜를 함께 발굴할 수 있을 것이다. 국운의 원대한 설계야말로 정치의 본령이 아닌가?

2019. 12. 15.

4장

2020년

우한 폐렴으로 추락한 중국의 위신

○ 우한 폐렴, 신종 코로나바이러스의 공포가 수그러들지 않고 계속 기승을 부리고 있다. 2월 10일 현재 중국에서 사망자 수가 8백여 명, 확진자 수는 4만여 명에 이른다. 한국에서도 27명의 확진자가 나왔고, 의심 환자 888명이 감시를 받고 있으며, 확진자와 접촉자도 일부는 사라져 의료 당국을 애먹이고 있다. 정부는 뒤늦게 중국의 우한시와 후베이성 이외의 위험지역에서 입국한 경우까지 검역을 확대했지만, 우한에서 5백만 명 이상이 이미 타지역으로 빠져나갔고, 전 지역에 발병이 퍼져 있으며, 3, 4차 감염도 가능하다고 판명돼 우한 폐렴의 공포는 걷잡을 수 없이 증폭되고 있다.

다행스럽게도 중국에서 주말부터 사망자와 확진자 수의 상승세가 다소 꺾이고 있다고 전해지고, 한국에서는 한 명의 사망자 없이 퇴원이 셋이나 이뤄져 약간은 안도가 된다. 그러나 중국의 춘절 여행자들이 이번 주에 귀환하면 관리하기가 더 어려워지고, 한국에서도 소재 파악이 어려운 다수 접촉 의심자들이 오리무중이어서 한숨을 돌릴 단계는 아니다.

우한 폐렴이 세계를 공황 상태에 빠트리고 있는 이유는 알려진 대로 신종 코로나바이러스의 예방 백신도 개발되지 않았고, 치료제가 없어서 일단 걸리면 끝장이라는 두려움 때문이다. 의료진은 위생적인 처치와 면역력 증진, 확실한 검증 없는 실험적인 투약 등으로 치료하고 있는 것으로 알려지고 있다. 사망률이 메르스의 34.5%나 사스의 9.6%보다 낮은 2%를 웃도는데도, 감염되면 치명적이라는 인식이 팽배해 있어서 위기의식이 높은 것이다.

신종 코로나바이러스의 정체는 외관상으로는 어느 정도 윤곽이 드러났다. 특히 감염경로가 감염자와의 직간접 접촉, 침 튀김이나 손길 등으로 바이러스가 옮겨진다는 점, 일정한 시간이 지나면 소멸한다는 점, 감염자를 관리하면 전염을 차단할 수 있다는 점, 잠복기가 2주 정도인 점 등이 밝혀진 것은 다행이다. 의료진의 효율적인 방역망으로 국내 유입을 충분히 막을 수 있는 것이었다. 한국에서 그나마 이 정도로 팬데믹, 즉 대유행을 막은 것은 의료기관과 의료진의 분투 결과로 평가할만하다. 그러나 일부 확진자가 국내에 들어와 여러 군데를 활보한 것이나 행방이 묘연한 의심 접촉자들이 포착되지 않은 것은 관계기관의 초기 판단이 느슨한 결과였다고 볼 수 있다.

대통령을 비롯한 고위 관계자들이 국민의 생명이 우선이라고 천명하고도 중국 출입국을 전면 봉쇄하지 못하는 것은 외교와 경제적 측면 때문으로 보인다. 그렇다면 어떤 방법이든 봉쇄에 준하는 조치를 했어야 했다. 중국을 비롯한 전염 지역 여행자들의 검역을 빈틈없고 철저하게 전면적으로 실시하는 한편, 행보를 제한하고, 추적이 가능하도록 집중적으로 관리하면 어느 정도 대등한 조치가 된다. 그러나 정부는 그러한 노력을 국민에게 보여주지 못하고 주저했다. 국내의 모든 전문 지식이 총동원돼 실질적인 방안을 구체적으로 내놓도록 지휘하는 인상도 보이지 못했다.

WHO(세계보건기구)에서 비상사태를 선포하면 중국과 가장 밀접한 우리도 그에 걸맞은 태세에 돌입해 국가 비상체제를 갖추고 대응했어야 했다. 질병관리본부장이나 보건복지부 장관보다 더 총괄적 지위인 국무총리가 비상기구를 다잡아 지휘했으면 방역과 경제적 대책이 더 효율적이고 원활했을 것이다. 방역도 문제지만 텅텅 비는 시장과 한숨 짓는 생산시설의 어려움을 종합적으로 대처할 콘트롤 타워가 없지 않은가? 위기관리 능력이 민첩하지 못하면 무능하다는 평을 듣는다.

중국은 이번 우한 폐렴 사태로 스스로 국제적 위신을 크게 떨어뜨렸다. 신종 코로나바이러스의 첫 경고자인 우한중앙병원 의사 리원량을 처벌한 일과 전염 실태 발표의 불투명성, 발병자들의 치료와 격리의 혼란, 우한시의 뒤늦은 봉쇄 조치, 외국인 출입통제 등에서 그 후진성과 강제성 등 비정상적인 허우적거림을 여실히 드러냈다.

중국이 우한 폐렴 발생 초기에 발 빠르게 대처했다면 신종 코로나바이러스는 세계의 전염병이 되지 않았을 것이라는 지적은 변명의 여지가 없다. 무지와 판단 미숙, 태만이 사태를 악화시켰고, 투명하지 못하고 민첩하지 못한 대처가 질병을 눈덩이처럼 키웠다. 1천만 명이 넘는 인구의 대도시를 일거에 봉쇄해버리고도

격리의 실패, 치료체제의 혼미를 불러오고 세계에 퍼진 질병의 진원지가 되게 한 나라가 과연 G2라고 뽐낼 수 있을까?

시진핑 주석은 베이징을 방문한 게브레예수스 WHO 사무총장에게 악마와의 투쟁으로 이겨내겠다고 공언했지만, 전투는 아직도 승기를 못 잡고 혼미 상태이다. 외신이 전하는 중국의 의료 시스템은 대형 사고에는 너무도 취약했고, TV 화면에 비치는 환자들과 의사들의 모습은 혼미스러움, 그 자체였다. 어이없는 큰 나라의 민낯이다.

이번 우한 폐렴 사태는 중국의 국세(國勢)에 적잖은 변수로 작용할 것이다. 우선 시진핑 지도체제에 큰 시련이 되었다. 국내외의 비판론자들로부터 위기관리 책임론이 심상치 않게 일고 있다. 해외의 반체제 인물들과 국내 비판론자들의 비난이 연이어 보도되고 있는 것이다. 시진핑의 장기 집권 시나리오에도 큰 상처가 되지 않을 수 없다. 국제사회의 신뢰와 위상이 크게 손상돼 국제역학관계에도 암암리에 타격을 받을 것이다. 미국과의 갈등과 홍콩의 반중 무드, 경기 하락, 잦은 대형사고 등에 따른 민심 이반 등은 중국의 체제 내지 국가의 운명에도 적잖게 부정적으로 작용할 것이다.

한국은 신종 코로나바이러스 박멸에 집중하는 동안 외교적으로는 이웃의 고통이 우리의 고통이라고 말할 수도 있다. 경제적 유대를 고려해 자존심 강한 나라의 역린을 건드리지 않도록 유의할 필요도 있다. 그러나 절박한 상황에서 지나친 저자세는 주권국의 위상에 맞지 않는다. 신임장 인준 절차도 거치지 않은 일개 외국 대사 임명자가 기자회견을 열고 공개적으로 주재국 외교의 민감한 사안에 어깃장을 내놓는 태도는 시사점이 크다. 중국은 이번 기회에 자신들의 입장을 성찰하는 계기로 삼아야 한다. 중화 굴기보다 먼저 겸허하게 내부의 후진성을 개선하는 데에 매진해야 미래가 있고, 국제사회의 신뢰도 얻을 것이다.

*우한 폐렴은 뒤에 코로나19로 명명되었음.

2020. 2. 9.

책을 갈무리하며

•
•
•

글을 쓸 때는 니체의 '낯설게'까지는 못 미칠지라도 독특함이라도 늘 염두에 두고자 하는데, 이 책을 엮으면서 그에 많이 미진하다고 느껴져 부끄럽다. 수필도 칼럼도 써 놓은 여러 편 중에서 골랐지만, 마음에 썩 내키지 않는 평작들이라는 생각을 지울 수가 없다. 그래도 스스로 쓴 작품들이니 어쩔 수 없는 일이 아닌가? 군더더기 더하지 않고 그냥 밖으로 내놓으므로 독자들이 글과 행간의 세상(世相)을 쓰여진 대로 만났으면 한다.

이번에 모은 소품들은 필자의 산문 1편 『서울, 고뇌에 젖어』와 마찬가지로 《계간 수필》, 《좋은 수필》 등 수필 전문지와 《여성경제신문》과 《세종경제신문》, 《미주 중앙일보》 등에 게재된 수필과 칼럼 중에서 추렸다. 수필은 테마별로 묶었고, 칼럼은 쓰인 시기가 의미가 있다고 보고 날짜 순서로 수록했다. 수필과 칼럼을 함께 내놓는 착상은 장르와 기법은 다르지만 필자의 의식 세계에게는 하나의 줄기였다는 단순한 생각에서 비롯됐지만, 무리하게 묶은 감이 없지는 않다. 조금이라도 불편한 분이 계시면 양해를 구한다.

글은 언제나 써 놓은 뒤에 읽으면 부족해 보이고, 책으로 내면 더욱 아쉽다. 그렇게 느끼는 과정이 앞으로 나가는 발걸음이지 싶다. 과거를 거울삼아 새로움을 찾겠다고 다짐해 본다.

일찍 작고하신 부모님과 삶의 역정을 함께 감내하고 있는 아내에게 책을 바치는 심정이고, 《세종경제신문》 이정식 회장과 수고해 주신 출판사 북랩에 고마움을 전한다.

2020년 10월 초순

가을의 쓸쓸함이 무지근하게 스미는 용인의 서재에서

저자 송장길